혼돈과 질서

시계 소설선 1

혼돈과 질서

김승수 자서전적 소설

CHAOS
and
COSMOS

이 글을 내가 존경하는 이수일 교수님과
내가 사랑하는 아내 윤희내에게 바칩니다.

목차

- 들어가는 글 ·· 9
- 프롤로그 – 진화 ·· 13
- 1부 – 무지개 ·· 29
- 2부 – 죽음과 점성술사 ······························ 65
- 3부 – 폴리매스(Polymath) ························ 105
- 4부 – 정의와 권력다툼 ······························ 141
- 5부 – 미래 ·· 177
- 에필로그 – 마라톤 ···································· 205
- 더 읽을거리 ·· 219

들어가는 글

"태초에 하나님이 천지를 창조하시니 땅이 혼돈하고 공허하며 암흑이 깊음 위에 있다." 혼돈(Chaos)은 천지창조로 시작되었다. 그리스의 시인 헤시오도스는 혼돈을 "크게 벌린 입"으로 묘사했다. "처음에 혼돈이 있었고, 그다음에 넓은 가슴과 같은 대지(Gaia)가 태어났다. 그 후 죽음을 모르는 신들 가운데 유난히 아름다운 에로스(Eros)가 탄생했고, 카오스에서 유명幽明과 어두움이 생겨났다." 혼돈의 반대는 질서(Cosmos)다. 코스모스 꽃잎을 상상해보라! 여덟 잎의 대칭과 조화로 아름다움이 빛난다. 태풍이 지나간 자리는 고요함이 흐른다.

혼돈과 질서는 항상 함께한다. 우주가 그렇고, 지구가 그렇고, 인간의 삶이 그렇다. 힘든 고난을 겪으면 평화로운 안락이 뒤따라온다. 삶을 아등바등 살아갈 이유가 없다. 천지 만물과 현상이 그러하다. 빅뱅 이후 우주는 진화하고 지구란 행성이 생기면서 지구 또한 진화하고 인간도 진화했다. 진화가 우리의 원천이자 지금의 나를 만들었다. 자연이 곧 나다. 나 없이는 자연이 없고, 자연이 없이는 나도 존재할 수 없다. 신자유주의 아래 헝클어진 자연이 코로나 판데믹(Pandemic)을 만들었다. 혼돈 뒤에 질서는 오겠지만 지금의 자연을 만든 인간에게 혼돈은 더 자주 올 것이고, 인류는 크나큰 대가를 지불해야 할 것이다. 반성하고 고쳐야 한다. 이것이 이 책을 쓰는 목적이다.

책은 처음 쓴다. 일기, 칼럼, 논문 등 글은 많이 썼지만 책을 만들어 본 적은 없다. 시집, 의학서적, 소설, 철학서 등 쓰고 싶은 책은 많지만 무엇을 먼저 할지 한 달을 고민했다. 그리하여 소설을 쓰기로 결정했다. 내가 제일 잘 쓸 수 있는, 내 이야기가 담긴 자서전적 소설(Autobiographic novel)을 쓰자 마음먹었다. 유명한 작가도, 인물도 아닌 내 책을 쉽게 읽어줄 독자讀者가 있겠는가? 내 이야기로 소설을 재미나게 만들어 독자들에게 먼저 심판을 받아보자 싶었다.

 나는 거제도에 산다. 2년이 되었다. 6개월 전부터는 주일마다 산에 올랐다. 어지간한 산들을 다 올라봤다. 계룡산, 북병산, 산방산, 앵산, 천하제일망산 등. 산봉우리에 오르면 섬인 거제의 바다가 사방에서 펼쳐진다. 점점이 떠 있는 섬들과 함께 정말 멋진 전경들이 펼쳐진다. 그런데 오르는 봉우리마다 제각기 다른 바다고, 섬이고, 들이다. 뭐가 이상한가? 당연한 것을 하고 묻는다. 사람이 그렇다는 것이다. 어떻게, 왜, 하고 쳐다보는 이마다 나에 대한 생각이 다르다. 선하게 볼 수도, 성질 더러운 놈으로 생각할 수도 있다. 책이 그러하다. 보는 이마다 다르게 보이고, 생각되어질 것이다. 내 책이 그랬으면 좋겠다.

의사는 대체로 보수적이다. 가진 게 많으니까 빼앗길 것도 많다. 생각은 좁고, 편협하다. 지만 잘났고, 지만 최고인 줄 안다. 공부도 하지 않고, 책도 읽으려 하지 않는다. 전문의가 되기까지 10년 동안 배운 것을 가지고 평생을 먹고 산다. 이오니아 시대의 히포크라테스 선서를 하고 의사가 되지만, 선서대로 살아가는 이는 드물다. 돈만 밝힌다. 그래서 나는 의사이지만 이 나라의 의사가 싫다. 국민을 좀 먹게 하는 집단이다. 이기주의에 빠진. 그래서 의사가 의사를 고발하고, 의사집단을 고발하고자 한다.

작금의 환경은 혼돈의 연속이다. 긴 혼돈 속에 잠시의 짧은 질서만 반복되고 있다. 미국이 가져다 준 신자유주의의 망상으로 뒤덮여 있는 인간을 진화의 정점으로 되돌려야 한다. 본연의 인간, 인간집단은 수렵채집의 시대로 돌아가야 한다. 이 또한 이 책을 쓰는 이유다.

프롤로그

진화

- 지성의 집단

 5천만 년 전 인류는 DNA가 99% 같은 유인원에서 호모(Homo)종으로 진화했다. 그 호모종속에서 호모사피엔스만 살아남아 지금의 인류가 되었다. 인류는 불의 시대-구석기, 신석기, 철기의 시대를 거쳐 기원전 4세기경에 최초의 집단지성이 탄생했다. 지중해 이오니아 지역에서다. 탈레스, 아낙시만드로스, 피타고라스, 아낙사고라스, 엠페도클레스, 히포크라테스, 데모크리토스, 플라톤, 아리스토텔레스, 유클리드, 등등의 지성들이다. 하지만 예수가 태어난 후 서기 1세기에 이들의 맥은 끊겼다. 그리고 다시 지성의 집단이 나타나기에는 1500년이라는 세월이 필요했다.
 왜일까? 기독교가 그 답이다. 조로아스터교에서 시작된 유일신 사상은 기독교로 이어졌다. 콘스탄티노플 대제가 기독교를 받아들이고, 베드로가 초대 천황이 된 뒤로 유럽은 기독교로 뒤덮여지게 되었고, 기독교는 과학과 실험을 금했다. 창조론이 세상을 지배하는 사회가 된 것이다. 이오니아의 지성들이 알아낸 지구는 둥글고, 돌며, 태양의 주위를 돈다는 생각과, 진화론, 예술과 과학이 사라지게 만들었다. 암흑의 시대였다.

르네상스가 도래하고 갈릴레오, 다윈, 케플러 같은 지성이 나타나기까지 1500년간 인류를 퇴화시켰다. 나는 무신론자다. 하지만 기독교를 싫어하지는 않는다. 오히려 종교가 인간을 순화시키고, 삶의 활력을 불어넣어 주며, 삶을 풍요롭게 만들어 준다고 생각한다. 특히 코로나 19와 같은 혼돈의 시대에. 하지만 수렵채집 시대부터 그리스, 로마에 이르기까지 이어진 다신교의 사회가 오늘까지 지속되었다면, 현재의 인류는 많이 달라지지 않았을까? 풀과 돌과 흙과 하늘과 땅, 별, 달, 해가 모두 신이라고 믿는 인류라면 이처럼 환경을 파괴시키지는 않았을 것이다.

– 환경의 변화

르네상스의 지성들이 만들어 준 인간의 각성은 프랑스의 혁명과 계몽주의 사상을 이끌었다. 비로소 인간은 인간다워진 것이다. 산업혁명으로 인해 인류는 풍요를 체험하게 되지만 노동이라는 고통이 만들어졌다. 여기서 공산주의가 파생되었고, 대항해의 시대 속에서 독재와 제국주의가 세계를 지배하게 되었다. 1차 세계대전과 대공황을 거쳐 2차 세계대전, 미국의 대국화가 이뤄지며, 신자유주의가 생겨

났다. 코 큰 미국 놈이 퍼트린 신자유주의는 전 세계를 나라와 나라, 개인과 개인 간의 빈부격차를 심화시키고, 기업 위주의 경제를 만들며 몰지각한 자본 중심의 생산과 소비를 이끌어 오늘날 이렇게 황폐된 지구를 만들었다.

지구의 온난화는 식물과 동물의 이동을 재촉했다. 지구에서 가장 많은 수를 점하는 포유동물인 박쥐를 열대지방에서 차츰 온대지방으로 위도를 따라 이동을 하게 만들었다. 중국의 후난성에서 사람이 박쥐를 접하며 코로나가 생기고, 홍콩에서 샤스가 발발했다. 인간이 곧 자연이다. 내가 자연이고, 자연이 나다. 자연이 사라지면 나도 사라지게 된다.

원시 수렵채집시대의 인간과 사회로 돌아가야 한다. 만물에 신이 존재한다고 믿던 그 시대의 정신이 가장 절실히 필요하다. 자식을 죽음으로 몰아가는 부모는 되지 말자.

– 진화

인간과 동식물만이 진화하는 것은 아니다. 우주도 진화하고 지구도 진화한다. 굳이 우주의 나이가 얼마인지는 중요하지 않다. 다만 우주는 빅뱅을 한 살이라고 한다면 지금쯤은 중년이 되었을 것이고 지구도 중년이 되었다. 팽창하는 우주는 아인슈타인이 추측했고 스티븐 호킹이 확인했다. 보이저 1, 2호가 지금 명왕성을 지나 우리 은하를 6만 킬로미터의 속도로 나아가며 많은 지식을 알려주었지만, 그 어디서도 지구와 같은 푸른색의 아름다운 하늘과 바다를 가진 또 다른 지구를 발견하지 못했다. 하지만 오래전부터 이 땅의 지성들은 우주 속에 수많은 지구가 있을 거라고 믿어왔다.

우주력(Stardate)으로 12월 31일 11시 52분경에 유인원으로부터 인간이 진화되어 나타나 50만 년이 흘렀다. 진화하는 지구가 순방향으로 진화하느냐, 악의 방향으로 진화하느냐는 인간에게 달렸다. 지금처럼 흘러간다면 공룡의 시대 지구온난화로 인한 방하기가 다시 오지 말라는 법은 없을 것이다.

데카르트가 한 말처럼, '나는 생각한다, 고로 존재한다.' 인간은 사색한다. 진화의 정점에서 사색을 하면서 인간은 지식과 지혜와 지성과 감성을 가지게 되었다. 또한, 지성과 감성은 인간을 더 진화시켰고, 진화시키고 있다.

다윈의 종의 기원이 이오니아 시대에 이미 인간사회에 널리 알려졌다면 어떻게 되었을까? 나는 별로 중요하지 않다고 생각한다. 현재로서는 별로 달라질 것이 없으니까. 고작해야 우생학을 조금 더 빨리 이용해서 종자와 짐승을 개량하고 좀 더 잘 먹고 살 수 있었겠지만, 우생학은 히틀러의 유대인 학살과 일본의 703부대의 만행을 조장했다. 그리고 씨 없는 수박의 우장춘도 있게 했다. 우리는 우장춘을 우러러볼 이유가 없다. 그는 단지 일본에서 배우고 부산으로 들어온 우생학에 미치고, 식민사관을 머리에 두었던 한국 국적의 일본인에 불과하다. 다윈이 지금 살아있다면 어떤 생각을 하고 있을까?

생물의 진화는 유기화합물의 발생으로부터 시작되었다. 유기화합물은 탄소로 구성된 RNA와 DNA로 진화했다. 그때 바이러스가 만들어졌다. 바이러스는 한 가닥의 RNA다. 숙주가 없으면 존재할 수 없는 물질에 불과하다. 코로나 19의 시대에 백신보다 치료제를 만들기가 어려운 이유이기도 하다. DNA가 진화해서 미토콘드리아와 엽록체가 만들어지며 생물은 동물과 식물로 분화하여 진화하게 된다. 최초의 포유류는 겨우 클립만한 작은 딱쥐였다. 공룡의 시대에 공룡과 함께 살았다.

– 그리고, 인간

 인간은 직립보행을 하면서 다른 포유류에 비해 상대적으로 엉덩이가 커지게 되었고, 고기만 먹다가 차츰 농경사회로 정착하며 다량의 곡물을 섭취하게 되면서 송곳니가 작아지고 턱이 커졌고, 턱의 힘은 약해지고 어금니가 커지게 되었다. 또한, 저작기능이 강화되면서 아밀라제(Amylase)가 침에서 생성되게 된다. 탄수화물을 분해하는 아밀라제는 코카콜라의 원료이기도 하지만, 고대부터 오늘날의 잉카의 후예들이 만드는 빵과 술의 효소이기도 하다. 볼 필요가 없기에 가시광선만 보게 되는 눈을 만들어졌고, 쓸데없이 시끄러운 소리를 멀리서 들을 필요가 없어서 귓바퀴는 작아졌다. 손으로 정밀한 작업을 하다 보니 손가락의 내전근은 그 어떤 포유류보다 크고, 잘 기능하게 만들어졌다.
 베르나르 베르베르는 개미와 꿀벌이 가장 잘 진화된 동물이라고 한다. 우리 인간이 진화하면 이처럼 작아지는 것은 아닐까?
 인간의 진화의 증거는 1조개에 이르는 세포 속에, 그리고 DNA속에 고스라니 담겨있다. 또한, 정자와 난자가 합쳐져 만들어진 수정체가 장기(Organ)가 되고 인간으로 되는 발생학의 모습 속에도 진화는 보인다. 인간은 진화하여 직립보행을 하기 시작하면서 여자의 자궁은 작아졌다. 그 이유로 아기는 10개월만 엄마 배속의 따뜻한 양수를 접할 수 있다. 그래서 나오자마자 다른 동물처럼 걸을 수가 없다. 10개월 정도가 지나면 걸을 수 있다는 것은 20개월 동안 엄마의 뱃속에 있어야 한다는 의미이다. 다른 포유류들은 먹잇감이 되지 않기 위해서 태어나자 걸어야 했다. 이에 비해 인간은 부모의 보살핌 속에 걸어서 도망 다닐 필요가 없기에 10개월 만에 뱃속을 떠나 밖으로 나오게 되었다. 20세가 되면서 성인이 되기에, 두 살이면 부모 곁을 떠나야 하는 사자와 호랑이보다 인간이 5배 혹은 10배 정도 더 오래 산다. 인간의 장기 중에 가장 늦게 발달하는 부위가 후두엽이다. 그래서 감성은 성인이 되어야 제대로 만들어지기 시작한다.

이제 나의 후두엽이 갓 자라기 시작한 시점에서 나의 이야기를 시작해보자.

나는 부산에서 태어났다. 1965년 9월 25일. 수정,

초량, 영주, 중앙, 대신, 감전, 아미, 좌천 등 수많은 판잣집 촌이 부산에 있었다. 6.25 전쟁 때 만들어진 것들이다. 나는 수정동의 한 가난한 판잣집에서 태어났다. 사 남매의 셋째이자 첫아들이다. 그 시대의 여느 어머니가 그러했듯이, 나의 어머니 또한 큰아들에 대한 기대와 희망이 컸다. 어머니는 내가 커서 의사가 되기를 바랐다. 아무런 거부감 없이 나는 의사가 되어야 한다고 믿었고, 결국 의사가 되었다.

7살 즈음으로 기억된다. 하루는 아버지가 흑백 텔레비전을 사오셨는데, 그날 밤 뉴스에서 이승만 박사 이야기가 흘러나왔다. 나는 어머니에게 물었다.

"어무이 이승만 박사도 의사가?"

"와?"

"박사는 다 의학박사 아이가?"

"아이다. 박사는 여러 가지가 있고 그 중에 하나

가 의학박사인기라."

집은 가난했지만 나는 건강하고 총명하게 자랐다. 초등학교 5학년 때의 일이다. 학예회 철이 다가오면 교실을 대청소하고 깨끗하게 치장을 했다. 게시판에는 내가 그린 색종이로 만든 우리나라 지도가 꽂혔다. 선생님이 잘 했다고 칭찬하시면서. 선생님은 애들을 지목해서 이것저것 부모님에게 부탁해서 사 오라고 시켰다. 그리고는 내게 말했다. 예쁜 화분 하나를 사 오라고.

"어무이, 샘이예 내일 모래 학예회니까 저 보고 화분 하나를 사 오라고 하데요."

"우짜꼬, 엄마가 여유가 없다 아이가. 샘한테 죄송하다고 말씀드리라."

다음 날 아침 조례시간에 선생님이 물건들을 챙기시면서 나를 지목했다.

"김민수, 니는 화분이제?, 근데 와 없노?"

"어무이가 형편이 어려워 죄송스럽다고 말씀 드리라 카데에"

"그래 알았다. 반장, 저 지도 그림 치아라, 그라고 니꺼 붙이라."

 나는 그날 밤, 혼자서 울었다. 가난이 처음으로 미워지는 순간이었다.

 육학년이 되어 처음으로 사랑을 체험했다. 키도 나보다 크고, 예쁜 재민이었다. 아버지가 산부인과 의사이고, 우리 반 부반장이었다. 나는 고등학교 1학년 때 재민이와 나의 사랑 이야기를 소설로 써서 방학 숙제로 제출한 적이 있다. 이걸로 최우수상을 교장 선생님으로부터 받았다.
 졸업식 날 일이 벌어졌다. 내가 개근상만 받은 것이 화근이었다. 우등상은 세 개인데 반장 하나, 부반장 두 명이 받아간 것이다.

 "샘예, 반장, 부반장이 1년 내내 전부 만점만 받았습니꺼?"

"아니에, 와그라십니꺼?"

"아니 그라몬 우리 민수는 전부 만점만 받았는데 와 우등상을 안줍니꺼?"

"아니, 이 아줌마가 뭐라카노 샘한테, 그라면 되나? 가난한 주제에"

"뭐라카노, 가난이 죄가?"

멱살을 잡고 싸우기 일보 직전이었다. 나는 울면서 달려가 어머니를 잡았고, 집으로 돌아왔다.

그날도 밤새 울었다. 어머니에게 말했다. 중학교는 안 그럴 거라고.

중학교 1학년 입학을 하고 반편성 시험에서 나는 전교 10등을 했다. 담임이 내게 와서 말했다.

"민수는 집이 어디고?"

"샘, 와예?"

"어, 너거 집 가정방문 내일 갈라고."

우리 집에서 어머니를 보고 오신 다음 날 선생님이 말씀하셨다. '민수야 반장은 니가 좀 곤란하니 다른 애를 시키겠다.'고. 오죽했겠는가 판자촌을 한 시간을 넘게 걸어 찾아 갔는데다가 냄새도 진동했을 것이다.

그날은 울지 않았다. 가난이 뭐 대수인가 했다.

중학교 3학년 때는 두 달에 한 번씩 전교 1등을 했다. 그래서 장학금도 탔다. 두 달에 한 번인 것은 체육 실습 시험이 두 달에 한 번씩 있었기 때문이었다. 체육 실습 시험은 반장들이 모두 만점을 받았다. 부산 시내 연합 모의고사에서 1등을 하기도 한 나는 결국 전교 3등으로 졸업하고 교육 회장상을 탔다.

아무렇지도 않았다.

연합고사는 대신동 동아고등학교에서 12월에 치렀다. 시험 전날 임시 소집을 해서 시험 칠 교실을 확인하고 내 자리를 확인하는데, 키가 훌쩍 크고 머리도 장발인 어른이 내게로 와서 부탁을 했다. 자기가 내 옆자리인데 내게 컨닝을 할 수 있도록 도와달라는 것이다. 집이 가난해서 3년을 쉬고 시험을 치는데 공부를 못했다는 것이다. 감독관들도 나이 든 학생은 봐주니 걱정하지 말라고도 했다. 나도 가난한데 그래도 이형보다는 낫다 싶어 승낙했다.

 다음날 시험을 치면서 나는 문제지 번호 앞에 답을 크게 연필로 쓰며 내려갔다. 시험 감독관 한 분이 오더니 물었다. '왜 답을 이렇게 크게 쓰냐?'고. '나중에 OMR카드로 옮길 때 틀리지 않게 옮길려고요.' 하고 말했다. 그 형은 고등학교 입학식 때 만났다. 나와 같은 고등학교에 추첨이 된 것이다. 내가 반가워서 물었다. '그날 어떻게 되었어요?' 라고. '야 너 그렇게 공부 잘하는 줄 몰랐다.' 거의 만점이었다. 나와 똑같은 점수였다. 이후로 학교생활 중에 이 형은 나의 보호자가 되었고, 내가 상급생들에게 당하면 어딘 선가 나타나는 짱가가 되었다.

고등학교 편성시험에서도 나는 전교 10등이어서 10반에 배치되었다. 담임이 첫날 나 보고 반장을 하라고 했다. 나는 '선생님, 가정방문하실거예요?' 라고 물었다. '아니, 왜' 한다. '내 그러면 반장할게요' 했다. 너무 하고 싶었는데 기분이 하늘을 찌를 듯했다. 그리고 고등학교 3년 내내 반장을 하고 교련 시간에는 중대장을 두 번이나 했다. 유신의 잔재인, 경주의 못생긴 시멘트 덩이의 화랑 연수원에서 교육도 받았다. 성적은 많이 떨어졌으나 나는 후회한 적이 없다. 3년간의 반장으로서의 경험이 나의 성장기에 많은 영향을 주었기 때문이다. 리더십을 배운 것이다.

 재수 끝에 신설 의대인 A대학교의 의과대학에 합격을 했다. 집의 형편이 많이 좋아지고, 집에 자동차도 있었다. 나는 운전면허를 따서 가끔 학교에 운전해서 가기도 했다. 1학년 5월에 B대학교의 미술학과 학생과 사귀며 7년을 연예 끝에 본과 졸업 전 1월에 결혼했다. 지금은 이혼했지만, 애들 엄마가 된 여자다. 매일 자동차 끌고 다니며, 연애하느라 공부는 제대로 했겠는가. 1년 유급에 거의 꼴찌로 졸업했다. 의사면허 시험날 오죽했으면 학장님이 '야, 김민수, 1등하려고 하지마라' 했다.

 결혼은 양가 집안이 반대하지 않았다. 처가의 장인은 고등학교 국사 선생이었는데 고집불통이었지만 오히려 반색했다. 어머니는 여느 집 어머니와 달랐다. 처가에 많은 것을 요구하지 않았다. 그냥 예물만 조금 챙겨오라는 것인데, 그 당시 이것저것 해서 700만 원 정도 되었다. 내가 장인 될 사람에게 말하자고 했지만 아내가 될 사람은 반대했다. 자기 고집이 세고 자기가 해주는 것만 하는 사람이라 거부할 것이라는 거다. 하지만 우리 어머니도 만만한 것은 아니었다. 예물이 정도가 지나치지 않다고 판단하시고 계신 것이다. 우리가 결혼하기 위해서는 방도가 없었다. 장모가 될 분에게 부탁했다. '제가 결혼 전에 급히 쓸 돈이 필요한데, 결혼 후 한 달 안에 갚을 것이니 700만 원을 빌려주십시오.' 하니 흔쾌히 주었다. 나는 결혼 후 예물로 받은 로렉스 시계와 아내와 나의 다이아몬드 반지를 금은방에 팔아서 그 돈을 갚았다.

1부
무지개

- 빛 속에서 살아가는 지구

 태양에서 오는 빛은 수많은 파장을 가진 질량이 없는 광선(혹은 전자파)들로 이루어져 있다. 파장이 짧은 순서대로 감마선, 엑스선, 자외선, 가시광선, 적외선, 전파가 그것이다. 인간은 이 중에서 가시광선만 볼 수 있도록 진화되었다. 색만 볼 수 있는 것이다. 빨강과 파랑과 노랑의 색이 존재하고 이들이 섞이면서 빨, 주, 노, 초, 파, 남, 보의 7가지 색이 만들어지고, 이것이 무지개의 색이다. 자외선은 가장 위험한 빛이다. 태양의 수소 핵융합으로 만들어진 빛은 지구에 8분이면 도착한다. 대기로 들어오면서 많은 양의 자외선이 줄어들지만, 남극과 북극의 얼음 같은 밝은 물질에서는 다시 반사되어 지구 밖으로 나가버린다. 사막이나 암석 같은 물질들에는 흡수되어버린다. 이런 이유로 우리와 모든 생물들은 안전한 지구에 살 수 있는 것이다. 만일에 지금처럼 온난화로 인한 기온 상승으로(2도만 상승해도 지구의 모든 생물은 파괴되거나, 지하로 숨어야 할 것이다. 그러면 인간의 눈은 더 퇴화해서 빛이 없이 살아갈 수 있도록 진화할 것이다.) 사막화가 가속되고 숲이 사라진다면, 그리고 빙하가 녹는다면 자외선은 지금보다 훨씬 증가할 것이고 인간의 수명은 점차 짧아져 지구에서 사라질 수밖에 없다. 환경을 살리거나, 우주에서 살 수 있거나, 새로운 지구를 찾아 이주하거나 하기 전에는. 생각만 해도 끔찍하다. 지금 지구에 살고 있음을 행복해하거나 다행이라고 생각해야 하나?

- 인간의 감성과 지성

인간은 이 세상 어느 동물보다도 두뇌가 발달해 있다. 전두엽은 운동기능을, 측두엽은 지성을 후두엽은 주로 감성을 담당한다. 동물도 지식과 감성은 있지만, 지성은 없는 듯하다. 자식을 낳고, 사냥하는 것으로 보아서 지식과 감성이 있지만, 말하고 쓰는 것이 안 되니 지성이 없는 것은 분명해 보인다. 성에 대한 본능도 인간과 동물은 많은 차이를 보인다. 인간은 특정 호르몬의 분비 없이도 1년 내내 성욕을 지니고 사랑을 하지만 동물은 페르몬이 분비되는 특정 시기만 섹스를 한다. 이때는 감성이 극한에 달하는 시기다.

인간의 감성과 지성을 비교하자면, 어느 쪽이 우세할까? 아마도 사람에 따라, 직업에 따라, 지역에 따라, 상황에 따라 다를 것이다. 특히 직업이 중요할 것으로 생각된다. 대학교수, 선생님 같은 전문가 집단의 지성이 감성보다 클 것이고, 예술가, 배우 등은 감성이 지성을 앞설 것이다.

- 욕심의 덩어리

애덤 그랜트가 말한 인간은 세 부류가 있다. 기버(Giver), 테이커(Taker), 매쳐(Matcher)이다. 이 중에 매쳐의 숫자가 가장 많고, 그 다음이 테이커, 기버의 순이다. 비율을 조사해 본 적이 없지만, 아래의 내용을 읽고 나면 기버는 소수에 불과함을 알 수 있을 것이다.

기버는 내가 가진 것을 남에게 주는 사람이고, 테이커는 남의 것을 뺏는 사람이다. 물론 매쳐는 이것도 저것도 아닌 사람이다. 기버는 긍정적이고, 테이커는 비관적이다. 세상의 부의 대부분을 테이커가 가지고 있다. 기버는 거지가 많다. 테이커에게 많은 것을 빼앗기기 때문이다. 짐작하겠지만 세상은 누가 이끌어 갈까? 기버다.

기버는 감성적이다. 테이커는 지성적이고 직관적이다. 상대방의 약점을 잡고 뺏어올 궁리를 하고, 방법을 찾고, 잘도 수행한다. 그렇다고 기버가 항상 약자인 것은 아니다. 기부할 줄 알고, 약한 자를 돌볼 줄 알며, 사람들을 이끌어 갈 줄 아는 사람이다. 이 세상의 많은 선각자들과 훌륭한 사업가, 정치가, 유명 운동선수 등이 대부분 기버였다. 잘 키운 유명선수 한 명이 자동차 만 대를 수출하는 것보다 낫다고 하지 않는가?

 기버가 평생 동안 테이커를 만나 피해를 입지 않고 살아갈 수는 없다. 한 번쯤은 당할 것이다. 아니 수십 번 당할 수도, 죽을 때까지 테이커를 떼어 놓을 수 없을 수도 있을 것이다. 그러면 어떻게 해야 할까? 테이커에게 당한 것을 기록하고 앞으로는 당할 것을 피해 가는 수밖에 없다. 자 이제 당신은 어디에 해당되는지 살펴보고, 또, 주위에 누가 테이커인지 살펴봐라. 내 말이 맞다는 것을 알게 될 것이다.

 자식을 잘 키우고 성공시켜 보겠다는 욕심은 누구에게나 있다. 기버로 키워라. 부모가 솔선수범하며 남을 돕고, 기부하는 모습을 보여라. 대학 잘 보내고, 의사 만들고 판, 검사 만든다고 성공이 아니다. 생각을 바꿔야 한다. 빌 게이트는 기버다. 빌 게이트로 만들고 싶으면 주위와 잘 노는 자식으로 키워야지 공부만 파고드는, 파고들게 하는 자식을 만드는 부모가 되어서는 안 된다. 자식이 황우석이 되고, 우병우가 되고, 이명박이 되고, 박근혜가 되게 할 것인가? 무소유가 소유이고, 노자가 말하는 '도상무위道常無爲, 이무불위而無不爲'이다.

- 무지개

자 그러면 이제 의사의 이야기로 가 보자. 의사의 대부분은 매쳐다. 세상에는 관심이 없고 오직 하나, 자기 자식새끼 의사 만들려고 노력한다. 왜 그럴까? 전문가라서? 돈이 많아서? 사회적인 지위가 있고 환자며 주변이 치켜세워줘서? 아니다. 답은 이미 나왔다. 매쳐인 의사는 감성이 부족하고 돈에 집착한다. 나는 의사가 되고자 하는 사람에게 이렇게 말한다.

"무지개를 떠올려 보세요. 빨간색은 감성이고, 보라색은 지성입니다. 그러면 초록은 감성과 지성이 절반이지요. 의사는 어느 쪽이어야 할까요? 나는 노란색이라고 생각합니다. 지성보다는 감성이 조금 앞선 의사가 바람직하다고 생각합니다. 의사는 감성 노동자이기도 하고, 지적 노동자이기도 하지만 환자의 감정을 잘 다스려 낫게 해야 하기에 지성보다는 감성이 더 필요한 것입니다."

의사들이여, 노란색의 의사가 되려면 어떻게 해야 할까요? 인문학을 공부하고, 시도 읽고, 소설도 보세요. 그리고 돈에서 멀어지세요. 자식을 혼자 가게 놔두세요. 치료로써가 아니고 전인全人으로서의 환자를 보세요, 주변을 살피세요, 그리고 정치의 의식을, 사회의 정의를 탐구하세요. 유럽에서의 중상층에 대한 잣대는 돈과 집, 자동차, 지위가 아닌 사회의 정의를 찾고, 불평등에 대한 항거에 있습니다.

이제는 내 이야기로 돌아가자

오늘은 인턴 필기시험을 치고, 내일은 면접을 보게 되었다. 별로 걱정은 없다. 우리 병원은 인턴의 정원이 50명인데 우리 학교의 졸업생은 44명이기 때문이다. 따라서 타 대학에서 6명이 추가로 지원했다. 꼴찌에 근접한 성적으로 졸업하게 된 내가 걱정하지 않는 이유다. 오히려 의사고시가 걱정된다. 어떻게 되겠지만. 의사고시는 떨어지면 집안망신, 붙으면 본전이다. 더구나 나는 의사고시를 치고 내년 1월 26일 결혼 할 것인데, 떨어지면 얼마나 망신살이 뻗칠까?

 시험을 치고 친구들과 저녁에 술 한잔했다. 또 한 번 장을 청소한 기분에서다. 그리고 집에서 잠을 푹 잤다. 아침이 되어 나는 어머니가 준비해 준 양복을 입고 병원을 향했다. 병원 회의실에는 인턴을 지원한 학생들로 가득 차 있었다. 대부분이 아는 얼굴들이다. 면접을 시작하는데 가나다순이다. 김씨인 내가 앞부분에 있다. 얼마 지나지 않아 내 이름을 불러서 면접실로 들어갔다. 면접 대상은 나 혼자다. 병원장, 교육연구부장, 기획실장 세 사람이 앉아있었다. 모두 교수들이고 내 스승들이다. 자리에 앉았다. 병원장이 먼저 말문을 열었다.

 "김민수, 학교성적도 엉망이고, 인턴 시험 성적도 엉망이네, 인턴이 중요한 것이 아니고 의사고시가 더 중요하다는 것을 알지?"

 서울 출신이라 서울말을 쏜다. 듣기에는 부드럽지만 인상과 말투는 비꼬고 있다는 것이 느껴졌다. 나는 긴장할 수밖에 없었다.

"네 열심히 준비하고 있습니다."

"야, 김자, 수자 돌림의 학생들은 다 머리가 나쁘거나, 게으름뱅이들이야?"

작년에 시험 친 내 입학 동기 중 한 명이 의사고시에서 낙방했는데, 이름이 김자 수자다. 결국 인턴 티오 하나를 날렸다. 병원으로서는 한숨 쉴 일이었다.

"자네가 의사고시에서 떨어지면, 인턴 티오 하나가 없어지잖아, 그래서 하는 소리야."

"… "

"열심히 해, 그리고 다행스럽게 의사고시 붙으면 1년 열심히 일하고, 이제 가봐."

"네 열심히 하겠습니다."

문을 열고 나오며 크게 한숨을 쉬었다. 알고 보니

무서운 고개였네.

 다시 회의실로 들어왔더니 인턴들이 회의실을 가득 메우고 있었다. '뭔 일이래?' 지난주에 인턴들은 채혈을 했고, 오늘은 우리가 하는 날인데? 우습고도 기막힌 일이 벌어진 것이다. 작년에는 없었는데 금년에 새로운 규정이 생겨 인턴, 레지던트이든 병원에 취직하는 모든 의료인은 B형간염 검사를 하게 되어 있었다. 환자에게 옮길 가능성이 있어 보균자는 취직이 불가능했다. 인턴 중 5명이 보균자였는데 친구 한 명이 자기를 포함해서 6번을 채혈실에서 대리 채혈을 한 것이었다. 채혈실 간호사는 이것을 임상병리과장에게 보고했고, 또 병원장에게 보고했다. 병원이 난리가 난 모양이다. 범인들은 밝혀졌고, 병원 당국은 고민 끝에 재채혈을 결정한 것이다. 회의실에 모두 몰아넣고, 출입문을 잠그고, 직원들의 감시 하에 채혈을 하고 있었다. B형 간염균 보균자들은 모두 군대로 직행했다. 친구들의 채혈을 대신해준 친구는 평소에도 말 없고 착한 친구였다. 이 친구는 기뻐였고,

다른 놈들은 테이커였다.

 1991년 한해가 이렇게 지나가고, 1992년 새해가 왔다. 나는 중순에 서면에 있는 한 중학교에서 의사고시를 쳤다. 전날 잠을 한숨도 못 잤다. 걱정에 뒤척거리기만 했다. 아침에 일어나 고사장으로 향했다. 물론 준비한 것은 작년 의사고시 기출문제집이다. 혹시 해서 들고 왔는데 1교시부터 준비 시간에 기출 문제를 문제, 답 형식으로 열심히 외웠다. 이해를 시키기에는 시간이 없다. 역시였다. 1교시 시험문제 중에 절반 이상이 기출문제에서 나왔다. 나는 쾌재를 불렀다. 과락은 60점이다. 넘긴 것이 분명했다. 이후 저녁 6시에 시험이 종료될 때까지 나는 소변도 참아가며 다음 시간의 기출문제의 답을 외웠다. 그렇게 26과목의 시험을 끝냈다. 오늘 또 술을 한잔하고 푹 잘 수 있겠다 싶었다.

 시험을 마친 날부터는 여기저기 결혼 준비로 소일했다. 나는 선천적으로 낙천적이라 의사고시의 당락은 잊고 지냈다. 결혼 전날까지만 발표가 있었으면 했다. 홀가분하게 신혼여행을 가야 하니까. 그런데 1월 26일 결혼 당일까지 발표가 없다. 결혼식장에서 주례 보시는 학장님이 결과를 알려 주시겠지 했다.

 드디어 결혼식 날, 대청동 신라호텔 연회장, 하객이 너무 많이 와서 복도도 인파로 꽉 찼다. 그중에는 내 고등학교 담임과 은사들도 보였다. 장인이 고등학교 선생이니 당연했다. 내 친구가 사회를 보고 신랑 입장을 크게 소리쳤다. 박수를 받으며 위풍당당하게 걸어 들어갔다. 80kg의 거구가. 그리고 이어진 신부 입장. 사회를 보는 친구가 당황해한다. 피아노를 손으로 가리키며. '아이구야!' 몇 개월 전에 예약하면서 피아노 반주를 신청하지 않은 것이다. 나와 아내는 호텔에서 자동으로 구해주는 줄로 알았다. 고등학생인 막내 처제의 친구가 피아노를 연주할 줄 알아서 급하게 나와 반주를 하고, 신부는 장인 손을 잡고 입장했다. 그리고 학장님의 주례, 합격 여부에 대해서 아무 말이 없다. 결국, 나는 의사가 될지, 안될지 모른 채 제주도로 신혼여행을 떠났다. 친구와 어머니에게 합격했으면 제주도 신라호텔로 전화주기를 부탁하고.

제주도에 도착하고 나서 움직이지 않고 호텔에서만 머물렀다. 2박 3일의 신혼여행 기간 중 소중한 하루를 허송한 것이다. 사뭇 의사고시 결과에 걱정이 되어 움직여도 구경거리가 눈에 들어올 것 같지 않아서였다. 다음 날 아침 9시가 조금 지나자 전화가 왔다. 어머니였다.

"민수야 친구한테서 전화가 왔는데 합격했단다. 축하해"

너무 기뻤다.

"엄마, 그러면 나 하루 더 연장하고 갈게요?"

"그래 별일도 없는데, 그렇게 해라"

하루 손해를 메웠다. 어머니의 전화가 끝나기가 무섭게 또 한 통의 전화가 왔다. 알려달라고 부탁

한 친구였다.

"민수야 내가 전화 안하려고 했는데, 그래도 니가 각오는 하고 돌아와야 할 것 같아서 전화한다. 니 떨어졌다."

'장난 치지마라 엄마가 전화했다.' 드디어 나는 의사가 되었다.

사실 내가 합격할 수 있었던 것은 우리나라의 의료정책상 의사의 수급이 정해져 있기에, 그것을 맞추기 위해서였다. 매년 졸업생의 90% 이상은 필요했고, 합격률은 항상 90% 언저리에서 왔다, 갔다 했던 것이다.

신혼여행에서 돌아와서 처가 집을 거쳐 집에 도착했다. 식사를 마치고 우리가 신혼집으로 부푼 가슴을 안고 갈려고 하니까 어머니가 우리 부부를 불렀다.

"허니문 베이비가 태어나면 어쩔 수 없지만, 너

희들 여행하는 동안 점집에 가서 사주를 보니 5월 이후에 임신하는 게 좋다는구나. 자 콘돔 1박스다. 5월까지만 사용해라."

 나는 미소를 지으며 속으로 말했다. 인턴이 시작되면 5월이든 6월이든 집에 언제 올지, 언제 아내와 잠을 잘 수 있을지 알 수 없을 터인데, 2월 말까지 사용하자 싶었다.

 드디어 3월 1일부터 인턴생활이 시작되었다. 친분이 두터운 친구들과 그룹을 짜서 무슨 과를 언제 돌지에 대해서 서로 의논했다. 내가 생각하기에 응급실을 빨리 가는 것이 다른 과에 앞서 경험이 될 듯했다. 응급실은 다이나믹하고, 내 몸이 긴장하면서 에피네프린이 분비되어 심박동수가 늘어난다. 정말 행복한 곳이다. 2인 일조로, 2주간 12시간을 교대로 근무하며, 수면 부족에 시달리는 악조건이다. 하지만 이보다 더 무서운 것은 각과의 레지던트들의 폭언과, 심지어는 폭행에 노출되고, 바쁘게 돌아가는 일과 속에서 간호사들의 인턴을 무시하는 언행과 행동이다. 인턴이 무엇을 알겠는가? 배우며 일하는 것이 인턴인데. 그것도 겨우 월 백만 원 받아 1년 내내 집에 한 번 제대로 가 보지 못하고, 숙소에서 새우잠 자며 일하는데, 제대로 가르쳐 주지도 않는다. 일을 시켜서 느리면 느리다고, 서툴면 서툴다고, 실수한다고, 그래서 중간에 포기하는 친구들도 있다. 담배 피우는 양만 늘어났다. 나는 26살에 담배를 시작했다. 이제 28살, 겨우 2년을 피웠는데 자꾸만 늘어갔다. 환자도 인턴을 괴롭히는 대상의 하나다. 혈관 빨리 못 잡으면 '간호사' 하고 소리치고, 드레싱 하다가 실수하면 교수, 레지던트에게 고발한다. 저 인턴 내보내라고. 이런저런 이유로 3월부터 최소한 5월까지는 인턴과 환자의 수난 시대이다. 서투른 인턴에게 몸을 맡겨야 하는 환자가 괴롭고, 일을 배우는 인턴이 괴롭다. 유일한 의지는 함께 일하는 동료다.

어느 월요일 아침, 새벽부터 두통 환자가 많았다. 월요일이라 일요일에 술 먹고 머리가 아파서 그런지는 모르겠다. 50대 중반의 남자 환자가 심한 두통으로 응급실에 왔다. 내 차례였다. 차트를 들고 문진을 시작했다. 머리 전체의 심한 통증을 느낀다고 했다. 평소 고혈압약을 먹고 있는데, 어젯밤 상갓집을 다녀와 늦게 잠에 들었고, 소량의 술도 먹었단다. 인턴은 문진과 보조만 하지 처방은 불가능하다. 데스크로 가서 신경과 1년 차 내 입학 동기에게 노티(Notifying, 알리다)를 했다. 잠시 후 신경과 1, 2년 차가 함께 나타났다. 1년 차가 신경학적 검진을 시작하고 10분쯤 뒤, 2년 차에게 보고했다. 그런데 나를 불렀다.

"어이 인턴 이리 와봐."

"네, 선생님."

"야, 아무리 인턴이지만 두통도 구별 못하냐?"

"네, 무슨 말씀?"

"너, 술 먹어?"

"네."

"그러면 임마, 숙취 몰라? 약 주고 통증이 없어지면 집으로 보내. 아, 새끼! 회진 준비하느라 바빠 죽겠는데, 잘해, 인마."

타 대학 출신의 2년 차는 나와 동갑이다. '더러워 죽겠네.' 근데 어찌하나 환자는 고통에 눕지도 못하는데, '가세요', 할 수가 없었다. 시간이 흐르고 나는 다른 환자들을 보다가 12시를 넘겼다. 점심으로 컵라면을 먹으려 준비하는데 간호사로부터 호출이 왔다. 나가 보니 환자가 의식을 잃어가고 있었다. '급하다.' 신경과에 연락할 문제가 아니다 싶어 할 수 없이 인턴인 내가 브레인 MRI 오더를 냈다. 30분 뒤 MRI가 필름으로 도착했지만 난 아직 까막눈이었다. 다행히 이비인후과 3년 차 선생이 교수님을 모시고 환자를 보려 나타났다. 3년 차에게 '뷰 박스(View box, 방사선 필름을 비추는 상자)를 좀 봐 주세요' 하니, 교수님과 함께 보고는 말했다. '빨리 신경외과 호출해!' 신경외과 1년 차에게 전화하며 말했다.

"두통으로 아침에 온 환자가 지금 멘탈(Mentality, 의식)이 드로지(Drowsy, 희미해진 상태)다."

입학 동기 신경외과 1년 차다.

"금방 갈게."

하고는 쏜살같이 나타났다. 내가 뷰 박스로 안내했다.

"뭐야 오더는 누가 낸 거야?"

"내가 급해서."

"뭐! 잘했다."

"야, 아뉴리즘 럽쳐(Aneurysmal rupture, 동맥류 파열), SAH(Subarachnoidal hemorrhage, 지주막하 출혈)잖아. 이때까지 뭐 했노? 빨리 이머젼시(Emergency, 응급) OP(Operation, 수술)준비하자. 니가 마취과에 연락해라."

"아침에 신경과에서 봤는데 숙취라고 해서."

"아 개새끼들 또 사고 쳤네. 2년 차 그 새끼재?"

"응."

"돌대가리 새끼, 와 우리 병원에 지원해가지고, 1년 차 때부터 사고만 치고 다닌다 아이가. 죽일 놈, 이번에도 분명히 1년 차 시켜서 차트 찢어버리라고 할 거야, 봐라."

환자는 급하게 수술실로 실려 갔다. 가슴이 아팠다. 겨우 우리 아버지 또래인데. 신경외과의 뇌수술은 타이밍이 제일 중요하다. 수술 직전의 멘탈이 수술 후의 멘탈을 결정하고, 수술 후에 나아지기가 사실 정말 쉽지 않다. 인투베이션(Intubation, 기관내 삽관)을 하고 인공호흡을 받으며, 거의 의식이 없는 상태에서 수술하는 이환자는 분명 수술 후에도 한동안, 아니 어쩌면 평생을 이렇게 살아야 할지도 모른다. 미어터지게 가슴이 아팠다. 그때 신경과 1년 차가 나타났다. 아무 말도 안하고 데스크로 가더니, 나하고는 눈도 마주치지 않은 채 차트를 찢고는 홀연히 사라졌다. 바람과 함께. 아 신경외과 말이 맞았네.

드디어 응급실을 벗어나 또 다른 지옥, 외과 파트를 돌게 되었다. 먼저 일반외과를 돌았다. 2명의 인턴이 하루를 번갈아 가며 수술실과 병동에서 일했다. 병동은 그나마 쉬운 편이다. 수술에서의 어시스트(Assist, 보조)가 가장 힘들다.

오늘은 내가 수술실 담당이었다. 총 5개의 크고 작은 수술을 준비하고, 환자를 옮기고, 수술마다 어시스트를 들어갔다. 수술 한 건마다, 교수, 레지던트 3년 차 혹은 2년 차 한 명, 인턴, 스크럽(Scrub nurse, 보조 간호사) 1명, 서큘레이터(Circulator, Circulating nurse, 스크럽을 돕는 간호사) 1명, 마취과 교수, 혹은 레지던트 1명, 마취과 인턴 1명, 마취과 간호사 1명. 대략 8명으로 수술 팀이 이루어진다. 아침 8시 첫 수술은 과장의 라디칼(Radical gastrectomy, 전제적 위암 수술)이었다. 짧아도 4시간은 소요될 터였다. 나는 환자를 1번 방에 옮기고 수술 테이블로 옮긴 뒤, 팔걸이를 양팔에 끼우고, 환자의 다리를 벨트로 묶었다. '환자분 안심하세요, 수술이나 마취 중 떨어지지 말라고 하는 거예요', 하면서. 드디어 환자의 마취가 진행되고 인투베이션이 끝나 마취기를 틀고 환자의 바이탈이 안정되면, 마취과에서 말을 했다. '드랩(Draping, 소독)을 시작하세요.' 혹은 '준비하세요.' 이제부터 바빠진다. 환자의 옷을 벗기고 레지던트는 베타딘(Betadine, 소독제)으로 환자의 복부를 문지르며 소독을 했다. 나는 그 장면을 지켜보고만 있었다. 소독이 끝나면 레지던트와 함께 밖으로 나가서 손을 깨끗하게 또 다른 베타딘을 사용해 솔로 빡빡 문질러 가며 씻었다. 그리고 손을 가슴팍까지 올린 채로 수술실로 들어왔다. 이 모습을 본 서큘레이터는 수술복을 입혀 주고, 스크럽은 수술 장갑을 씌워 주었다. 이때 정말 조심해야 한다. 실수로 수술상 주변을 콘타미네이션(Contamination, 오염)시키면 작살이 난다. 모든 과정을 새로 해야 하는 것이다. 스크럽이 30분 동안 힘겹게 차려놓은 밥상을 새로 깔아야 되기 때문에 스크럽의 눈매는 마치 매의 눈매이고, 심지어는 고함을 치기도 한다. '샘!' 레지던트와 함께 환자의 몸 위로 수술 포를 덮고, 서큘레이터에게 레지던트가 말했다. '대기실 교수님께 준비가 끝났다고 전화 주세요.' 교수가 나타나고 수술은 시작된다. 수술 필드에서의 인턴의 역할은 피를 닦고, 수술 부위의 피부나 장기를 옆으로 벌리는 일이다. 4시간의 수술 중 3시간을 이순신 장군의 동상처럼 옆으로 비스듬한 자세로 서서, 양손으로 기구를 벌리고 있다고 생각해보자. 죽을 지경이다. 손과 발에 쥐가 나는 것은 기본이고, 땀도 흐르고, 졸기도 한다. 흐르는 땀방울이 필드로 떨어지는 순간은 상상도 하기 싫다. '이 새끼', '저 새끼', 욕이란 욕은 다 나오고, 혹시라도 졸면 착한 레지던트들은 몸으로 툭 쳐서 깨우지만, 못된 놈들은 슬리퍼 신은 맨발의 발등을 자기 발꿈치로 찍어 내린다.

오늘은 땀도 많이 나고, 더 힘들었다. 60을 지그시 넘긴 과장교수가 말했다.

"인턴아 힘들 재, 조금만 참아라, 아이고 땀 봐라. 서쿨레이터, 이 친구 땀 좀 닦아 주소. 흘러내리겠다."

서쿨레이터가 가재로 내 이마와 목덜미의 땀을 닦아 주었다.

"감사합니다."

"자네 몸무게가 몇 키로(kg)야?"

"80 키로입니다."

"손도 크고, 덩치도 크고, 땀도 많이 흘리고, 외과는 하기가 힘들겠다."

첫 번째 퇴짜다. 뭐 나도 '어서 오십쇼' 해도 이미 생각이 없었다. 애초에 나는 수술실이 싫었다. 갇혀 사는 것이 싫었다.

간 질환으로 헤파틱 코마(Hepatic coma, 간성 의식소실)가 되면 의식이 없는 환자의 몸에 암모니아가 쌓여 의식의 회복이 지연된다. 암모니아는 주기적으로 관장을 통해 배설을 시켜야 한다. 70세로 보이는 남자 환자가 내가 병동을 지키는 날 입원했다. 헤파틱 코마다. 하루에 두 번씩 관장을 하라고 했다. 그렇게 며칠을 했다. 첫 번째와 마지막 날 두 번의 똥 세례를 받았다. 의식은 없지만 몸이 거구라, 복부에 힘이 들어가면서 힘차게 변을 밀어낸 것이다. 머리에서 배까지 시커먼 암모니아 설사 똥이 내 몸을 덮쳤다. '아' 소리치며 뒤로 물러나지만 이미 때를 놓쳤다. 보호자들이 놀라서 다가와 휴지로, 수건으로 닦아줘 봤자 냄새와 흔적을 지울 수가 없다. 그래도 하던 일은 마무리하고 나왔다. 이렇게 하루하루 실랑이를 하다가 마지막이 된 날, 또다시 암모니아 설사 똥 세례를 받았다. 딸인지 며느리인지가 병실 문을 나서는 나를 붙잡더니 주머니에 봉투를 넣어주었다. 손사래를 흔드는 나에게 억지로 구겨 넣어주고는 문을 닫고 들어가 버렸다. '죄송하고 고맙습니다.' 하고서는. 그 봉투에는 10만 원짜리 수표가 한 장 들어 있었다. 처음으로 받아보는 촌지였다. 다음날 영감님은 돌아가셨다.

산부인과에서의 인턴 생활은 비교적 안정적이다. 분만실에 대기 중인 산모들의 모니터를 지켜보고 있다가 이상이 있으면 레지던트에게 노티하는 것이 일이다. 산부인과 간호사들은 무척 착해서 환자나 보호자가 가져다준 음식이나, 과일, 음료수

등을 나눠 먹기도 했다. 라면도 잘 끓여주었다. 또 분만 과정을 보는 것도 신기하고 재미있었다.

새 생명이 태어나면 대기 중이던 소아과 레지던트가 갓 자궁에서 나온 아기의 등을 두드리고, 펌프로 입에서 양수를 제거하면 아기는 순간적으로 울면서 호흡을 시작한다. 그리고 신생아실로 데려 간다.

산부인과를 돌며 운 좋게 용돈도 얻을 수 있다. 정자 기증이다. 가장 선호하는 정자가 남자 의사의 정자다. 20대이고, 의사라면 자식이 머리도 좋을 것이라고 생각해서 일 것이다. 의사의 정자가 좋다고 머리 좋은 자식이 태어나는 것은 아니겠지만, 가능성은 높지 않을까? 정자를 채취하자면 그냥 되지 않는다. 음란물 동영상을 제공해준다. 보면서 하라고. 그리고 10만 원 정도의 돈도 준다. 일석이조인 샘이다.

산부인과 레지던트로 3년 차 곽씨가 있다. 얼마나 성질이 더러웠으면 3박이 1우를 못 당하고, 1우가 1곽을 못 따라간다는 병원 내의 소문이 있을 정도다. 다 타 대학 출신의 레지던트들인데 3박은 내과, 마취과, 이비인후과에 있고, 우는 정신과, 곽은 산부인과이다.

자궁경부암으로 라디칼(Radical histrectomy, 자궁 전절제술)을 하는 중에 일어난 일이다. 수술이 막바지에 이르고, 교수가 나가면서 3년 차인 곽은 나와 단둘이서 마무리를 했다. 복강을 식염수로 씻어 깨끗하게 하고, 장을 정리하고, 복벽을 닫고 피부를 봉합하고 끝내는 과정이었다. 순간 내가 졸았다.

"야 뭐해 가위로 실 잘라야지."

하며 포셉(Forcep, 수술용 집게)의 대가리로 내 손등을 세게 내려친 것이었다. 물론 나는 잠을 깨는 정도가 아니라 아파 크게 고함을 쳤다. 수술 방에 있던 모든 사람들이 감짝 놀랐다. 어찌나 아프던지! 포셉은 긴 집게 같은 물건으로 스테인레스 덩어리인데 제법 무게가 나간다. 그걸로 때렸으니. 곽이 나가고 마취를 깨우는 동안 장갑을 벗고 봤더니 벌겋고, 부어 있었다. 마취과 선생과 간호사들이 안타까워 쳐다보며 말했다.

"이게 벌써 몇 번째고? 샘, 꼭 X-RAY 찍어 보소. 다들 한 번씩 당하는데 손등뼈 금 간 선생 여럿 있었습니다."

시간 내어 사진 찍어 보니 나도 금이 갔다. 2주 이상 아팠지만 일을 못 할 정도는 아니었다.

벌써 5월 중순이다. 처음으로 토요일 오후 반나절의 외출 시간을 얻었다. 아내가 병원으로 왔다. 어머니가 보냈다. 겨우 오후의 반나절이니 집에 오지 말고 아내보고 가라고 한 것이다. 우리는 차를 타고 근처의 모텔로 가서 콘돔 없이 사랑을 나누었다. 애가 생길지 말지에는 관심도 없이.

인턴과 레지던트에게는 병원에서 무료로 삐삐를 지급했다. 반경 2km 정도로 수신이 가능하기에 가끔 병원 밖 식당에서 식사를 한다. 삐삐가 울리면 공중전화를 하고 급히 병원으로 줄달음을 친다.

내과는 4명의 인턴이 한 조로 근무했다. 가까운

친구 4명이 모였으니, 재미있게 일했다. 내과에서 맞는 첫 번째 토요일이었다. 오프(off, 퇴근)가 없으니 밤 11시경 인턴 몇몇이 남포동에 가서 진짜 오랜만에 삼겹살에 소주를 먹었다. 내과 4명 중 한 명이 남았으니 마음 편히 먹고 마셔도 될 일이었다. 12시에 사단이 났다. 중환자실에 CPR(Cardiopulmonary resurcitation, 심폐소생술)이 뜬 것이다. 삐삐는 그 누구에게도 울리지 않았다. 술을 먹고 1시쯤 병원에 도착했다. 다른 과 인턴이 말했다. 방송으로 호출이 1시간 전에 있었다고. 헐레벌떡 일어나 내과 중환자실로 갔다. 심폐소생술을 하느라 내과의 그 유명한 박과 한 명의 인턴이 땀 흘려가며 교대로 하고 있었나 보다. 우리가 도착했을 때는 이미 상황이 종료된 상태였다. 박이 말했다. '내일 오후 2시에 의국으로 와라.' '아이고' 내 소중한 일요일의 휴가가 날아갔다. 일요일 오후 2시에는 어떤 일이 있을지 뻔했다. 내과를 마치는 4주 동안 휴가는 못 갈 것이다. 아니나 다를까 휴가 금지가 내려졌다. 박은 3년 차 의국장이다. 우리가 실수했다. 남포동은 반경 2km 밖이었다.

정신과 인턴은 한 명인데 정말 편하다. 밤에 콜(call)도 없다. 폐쇄 병동이라 하루종일 환자들과 병동에서 놀고, 일주일에 한 번씩 병원 주변을 환자와 산책하고, 전기충격치료 시 어시시트하고, 환자와 의사간의 단체 상담에 참가한다.

 스키조(Schizophrenia, 조현병)는 난치병으로, 증상은 개선되지만 완치는 어려운 병이다. 상담을 통한 정신분석 치료, 약물치료, 전기충격치료 등을 하고 폐쇄 병동 입원 환자의 대부분을 차지한다. 보통 20대 전후의 여자 환자가 많았다. 젊고 아름다운 여자 환자를 보고 있노라면 마음이 아팠다. 전기치료는 환자의 입에 재갈을 물린 상태에서 인위적으로 거대발작을 일으키는 것으로, 이때 인턴은 환자를 고정시키고 붙잡아 주어야 한다.

 매주 수요일에 점심식사 후, 병원 주변을 산책하는데 간호사 1명, 남자 치료사 1명과 인턴이 함께 환자와 동행한다. 나와 치료사는 뒤따라가고, 간호사가 선도해 갔다. 병원 1층을 나서려는 데 남자 30대 환자가 보이지 않았다. 그때 2층 복도 난간에서 고함소리가 들렸다. 족히 5m가 넘는 높이에 환자가 뛰어내리려는 순간 누군가가 팔을 붙잡아 환자는 한 팔로 대롱대롱 달려 있었다. 사라진 스키조 환자였다. 잡고 있는 사람은 내 친구인 인턴이고, 치료사가 급하게 에스컬레이터를 뛰어가서 환자를 구했다. 이 사실은 레지던트에게 보고되었고, 산책은 취소되었다. 이 남자 환자는 자살을 여러 번 시도한 이력이 있었다. 골반 부위의 방사선 사진에서 면도날이 팬티 안에서 발견되어 압수되었다. 전기충격치료도 받았다.

 가을이 되면 인턴들 사이에는 서로 간의 눈치 싸움이 시작된다. 만나면 서로의 의향을 묻는다. '무슨 과로 갈 거냐?', '누구누구는 무슨 과로 간단다.' 등. 물론 정형외과, 성형외과, 피부과, 안과 등은 경쟁이 치열하다. 비 임상파트인 해부병리, 임상병리, 치료방사선과 등은 지원자가 별로 없어 경쟁이 없다. 레지던트의 과가 정해지는 방식에는 몇 가지가 있다. 첫째, 경쟁이 심한 경우, 학교 재단과 연결되거나, 병원장과 연결되어 과가 정해지는 방식(결정권자인 과장이 무시 못 하는 존재들이니까). 둘째,

과장이 뒷돈을 받고 결정하는 방식. 셋째, 경쟁이 없는 비인기과는 지원만 해도 당첨이다. 넷째 우리끼리 경쟁하는 경우이다. 첫 번째와 두 번째의 방식은 주로 타 대학 출신의 인턴이 낙하산을 타고 '나는 요과를 하겠다'고 애초에 인턴 시작 전에 정해 놓고, 우리 병원에서 인턴을 한 것이다. 어찌할 도리가 없다. 부모가 자식을 버리는 것과 같다. 어찌하겠는가? 교수는 우리 대학 출신이 아니니 신설 의대, 신설 대학병원의 아픔이다. 우리 학교 출신끼리 경쟁하는 경우에는 끝까지 고집하는 친구가 승리한다. 혹은 과장이 성적이나 인턴 근무 시의 성실도를 가지고 결정한다. 가장 최선이다.

 나는 처음부터 수술방을 가지 않겠다고 마음을 먹고 있었던 터라 선택의 여지가 별로 없었다. 내과계나 비 임상 파트를 해야 하는데 환자는 보고 싶고, 공부는 하기 싫고, 정신과를 지목했다. 나를 포함한 3명이 경쟁을 했다. 티오는 딱 하나. 고민에 빠졌다. 끝까지 우기고 가면 내가 될 가능성은 있었다. 나는 성실하게 일했다고 자부했다. 1명은 나와 입학 동기, 1명은 나와 졸업 동기, 나보다 두 살 아래이고, 오라는 과가 없다. 입학 동기는 소아과에서 오라고 한단다. 결국, 이 친구는 소아과로 갔다. 경쟁이 없으니. 나는 나이 어린 동기에게 양보했다. 알아보니 정신과는 결국 또라이가 될 가능성이 있단다. 결국, 공부도 덜하고, 내가 와주기를 원하고, 경쟁이 없는 마취과로 정했다. 수술실에 갇혀서 살기 싫다던 내가 평생을 직장으로 수술실에 있게 된 것이다.

12월에 이미 선택을 하고 지원한 인턴들을 대상으로 면접이 이루어졌다. 필기시험은 없다. 보기 싫은 병원장을 또 만나야 했다. 이번이 마지막이다. '꾹 참자!' 순서대로 들어갔다. 내 차례였다. 인턴 면접과는 다르다. 이번에는 한 사람 추가되었다. 마취과 과장이 함께 했다.

"김 선생, 인턴 실적은 괜찮은데, 학교성적은 영 엉망이야, 마취과는 이렇게 공부를 못해도 되는 거요?"

과장을 향해서 하는 말이었다.

"네, 인성만 좋으면 성적은 그리 중요하지 않습니다."

"그러니 마취과는 사고도 많고, 잘못하는 것 아니오?"

"…"

병원장은 정형외과 전문의였다. 다음날 수술의 스케줄은 마취과에서 결정한다. 병원장이 수술한다고 자기 마음대로 할 수 없다. 이것이 항상 불만이던 사람이니 당연히 나올 법한 이야기였다. 신경외과 과장인 기획실장이 이 어색한 분위기를 깼다.

"김선생이 학교성적이 나쁜 것은 사실이지만, 인턴을 하면서 무척 성실하게 일했습니다. 의대생들 머리는 좋으나, 공부에 소홀한 친구가 많지 않습니까?"

사실이기도 하지만 큰 우군을 만났다.

"마취과 쉽다고 깔보지 말고, 훌륭한 마취과 전문의가 돼야해."

할 수 있는 말은 이 말밖에 없었다.

"네, 열심히 하겠습니다."

나는 면접이 끝나기가 무섭게 마취과 과장을 찾아서 죄송하다고 말씀드렸다. '다 그런거지, 괜찮아.' 했다.

이렇게 인턴은 마무리되고 나는 마취과 레지던트가 되었다.

2부
죽음과 점성술사

- 점성술사와 과학

 행성의 법칙 1, 2, 3을 발견하고 행성들이 타원 궤도를 돈다는 사실을 밝혀낸 요하네스 케플러는 과학자 이전에 점성술사로 살았다. 신학을 공부하고 삶을 연명해 나가기 위해서는 부유한 공작 같은 이들의 삶과 죽음을 미리 점쳐서 도움을 주어야 했기 때문이다. 이는 비단 케플러에만 해당되는 것이 아니다. 근세 르네상스 시대를 살아간 과학자들은 대부분이 하늘의 별로 점을 치는 사람들이었다. 그 속에서 과학을 발견하기도 했다. 주기적으로 변하는 하늘의 모습을 기록하고 그 기록한 데이터를 보면서 새로운 과학적인 사실을 알게 된 것이다. 고대 부족사회에서부터 오늘에 이르기까지 사람들은 죽음을 두려워한다. 진시황제가 불로초를 찾아서 사신인 서복을 제주도까지 보냈다고 알려져 제주 서귀포의 지명이 생겨났다. 인간은 죽음 앞에 무력하고, 죽음을 알기 위해 점을 치는 점성술사가 필요했다.

– 죽음의 의미

 독일의 격언이다. '죽음의 신이 온다는 사실보다 확실한 것은 없고, 죽음의 신이 언제 오는가보다 불확실한 것은 없다.' 죽음 앞에는 자비도 연민도 베풀지 않는다. 불교에서 부처가 왜 윤회輪回를 이야기할까? 착하게 살라는 의미도 있지만, 죽음 후에 다시 탄생이 있으니, 죽음을 두려워하지 말라는 의미도 있지 않을까? 죽음을 가장 잘 수용하는 사람은 사랑하는 이에게 죽음을 배웠거나 삶의 과정에서 죽음과 맞닿아 있었던 사람이다. '죽기 전에 더 늦기 전에'란 책을 쓴 호스피스의사 김여환의 이야기를 옮겨본다.

 죽음을 배우면 죽음이 달라지는 것이 아니라 삶이 달라진다. 자신의 마지막을 정면으로 응시하면 들쭉날쭉하던 삶에 일관성이 생기고 시련을 극복할 수 있는 용기가 생긴다. 이곳에서 나는 사람들이 어떻게 마지막을 즐기는지 알게 되었다. 축제의 막바지에 하이라이트가 있는 것처럼 나는 호스피스 병동에 인생의 하이라이트가 있다고 믿는다.

 구구팔팔이삼사, 99세까지 팔팔하게 살고 2, 3일 앓다가 4

일 만에 죽자. 한평생 죽음을 연구한 엘리자베스 퀴블로 로스는 죽음의 의사답게 손자 손녀가 침대 주위를 뛰어노는 가운데 삶의 마지막을 완성했다. 이것을 '좋은 죽음'이라 한다. 'Well Dying'은 마음으로 배우는 것이 중요하다. '울지마 톤즈'의 이태석 신부의 죽음이 멋진 것은 죽음 이전에 빛나는 생이 있었기 때문일 것이다. 최선을 다해, 남에게 기쁨을 주며 살았던 사람은 갑작스러운 죽음을 걱정하지 않는다. 그의 생이 우리에게 알려주는 것들 중 하나는 좋은 죽음은 좋은 삶에서 비롯된다는 진실이다. 좋은 삶을 완성하기 위해서는 자신의 마지막을 상상해야 한다. 좋은 죽음이 좋은 삶에서 비롯되는 것처럼, 좋은 삶은 좋은 죽음을 상상하는 데에서 시작된다.

니체는 '짜라투스트라(조로아스터교의 교조)는 이렇게 말했다.'에서 말했다.

죽음을 가르치는 사람들이 있다. 그리고 대지에는 삶으로부터 떠나라는 설교를 들어야 할 자들로 가득 차 있다.

대지는 쓸모없는 인간들로 가득 차 있다. 삶은 너무 많은 자들로 인해 부패되었다. 그들은 저 '영원한 삶'이라는 미끼

에 걸려들어 이 삶으로부터 이끌려 나가야 한다. -중략-

그러나 '영생의 설교'를 들어야 할 자들이 대지를 가득 채우고 있다 하더라도 내게는 마찬가지이다. 오직 그들이 사라지기만을 바랄 뿐이다.

니이체가 세계나 인생을 불행하고 비참한 것으로 보는 그가 존재하던 시대의 '염세주의자厭世主義者'들을 비판하며 쓴 글이다. 16세기 마틴 루터가 교황이 돈을 벌기 위해 사용한 면제부에 저항하며 '95개조 반막문(Disputatio, 1517)'으로 시작된 종교개혁은 있었으나, 19세기 니이체에게 기독교란 종교는 크나큰 아픔을 주었고, 신학을 공부한 그가 기독교를 떠나게 만든 것이 신을 믿으면 천국으로 간다는 것이었다. 그는 신이 천국으로 가게 만드는 것이 아니기에 하느님의 미명아래 인간의 생각을 강요하지 말라는 것이다. 죽음은 그냥 자연스레 오는 것이니 두려워 말고, 신에게 매달리지 말라는 것이다.

짜라투스트라는 또 이렇게 말했다.

살아 있는 사람에게 자극이 되고 서약이 되는 완성된 죽음을 그대들에게 보여주고자 한다. 자기의 삶을 완성시킨 자는 희망에 차 엄숙하게 서약하는 자들에 둘러싸여 승리의 노래를 부르며 자신의 죽음을 믿는다.

죽음에 앞서 자기의 삶을 보람되게 완성한 자만이 죽음 앞에 행복할 수 있다. 인생은 한단지몽邯鄲之夢으로 덧없음에 부귀영화가 소용없고, 죽어 호사유피虎死留皮이기에 삶을 소중하게 살아야 한다.

셀리 세이건은 'Death'에서 언급했다.

사후의 삶이 존재하는가? 라는 질문은 삶이 끝난 후에도 삶은 존재하는가? 라는 의미다. 그렇다면 대답은 자명하다. 당연히 '아니오'다. 사후의 삶이 존재하는지 묻는 것은 삶이 끝난 이후에도 계속해서 삶이 남아있는 것인지를 묻는 '자가모순적'질문이다.

죽어 사후를 걱정하고, 나 죽고 나면 자식과 주변을 걱정하는 것은 바보스러운 것이다. 죽음은 단지 죽음에 불과한 것이고, 내 주변에 항상 도사리고 있다. 좋은 삶과 좋은 죽음이 답이다. 삶을 가치 있게 만드는 것이 우선이다.

의사는 환자를 보며 많은 죽음에 직면한다. 사고로, 질병으로, 노환으로. 이들의 삶은 소중하다. 병원에서의 죽음은 다양한 이유로 생겨난다. 그중에서 절대 일어나지 않아야 할 것이 의사의 잘못된 진단과 치료로 인한 죽음이다. 의사는 보수적인 인간이기에 자신의 실수나 과오를 인정하지 않는 성향이 있다. 사고를 치면 일단 부정을 한다. 그리고 혐의가 들춰지면 하나씩 시인한다. 지금 내 앞에서 죽어가는 환자가 부모이고 자식이라면 어떻게 행동할까?

드디어 93년의 해가 떴다. 나에게는 인생에 있어서 의미 있는 해다. 비로소 마취과 의사가 된 것이다. 2월 말까지 인턴의 신분이지만 우리 병원은 픽스턴(Fixed internship, 고정 근무 인턴)이라 하여, 자기가 레지던트로 선택한 과에서 1~2월 인턴으로 일하기에 1월부터 마취과에서 근무하게 되었다. 물론 하루라도 빨리 자기 과의 일을 배우라는 것도 있지만 1년 차 레지던트들이 빨리 자기 밑에 졸을 두고 싶은 욕망이 커서였다.

하루의 일과는 아침 7시 초독을 필두로 시작된다. 교수와 레지던트들이 의국에 모여 마취과 교과서를 가지고 발표하고, 질의하고, 배우는 시간이다. 영어 원서를 1년 차부터 매일 한 명씩 30분간 번역하여 발표하면, 다음 30분간은 교수들의 질의가 이어지고 년 차별로 답한다. 놀라운 것은 각 책상마다 담배와 재떨이가 있어서 담배를 피우며 공부한다는 것이다. 초독 시간 전 인턴이 준비한다. 8시부터 전 수술실에서 마취가 이루어지고, 수술이 시작된다. 우리 병원은 수술실이 18개이다. 신설 병원이라 전국 최고의 마취기계 및 모니터 시스템이 갖추어져 있고, 감염의 예방을 위하여 Laminar Flow라는 천정에서 필터를 통과한 공기가 아래 벽면으로 빠져나가게 하는 공조 시스템도 전국에서 최고다. 여름과 겨울, 수술실에서 생활이 병원내 그 어느 곳보다 쾌적하다. 마취과 의사로 살게 되어 얻는 큰 행운 중의 하나이기도 하다.

마취과 의사에게 점심시간은 따로 주어지지 않

는다. 식당에서 환자식으로 점심이 마취과 사무실로 올라오면 교수부터 인턴까지 교대로 먹는다. 교수와 인턴 구분 없이 같은 장소에서 같은 음식을 먹는다. 식당 밥이 지겨우면 휴게실에서 병원이 마련해준 김밥과 라면을 먹기도 한다.

 수술과 마취는 끝나는 시간이 따로 없다. 6시가 넘으면 교수들과 레지던트들은 퇴근하고 인턴과 당직 레지던트가 남아 정규수술을 마무리한다. 그 후로는 당직자가 응급 수술을 밤새 해치워야 한다.

 교수들은 의과대학 소속이고, 레지던트와 인턴은 병원 소속이다. 그래서 의국이란 곳은 병원 내 공간이고, 마취과학교실은 의과대학 소속이다. 주임교수는 의과대학 마취과학교실의 주임이고 마취과장은 병원 내 마취과의 과장이다. 통상 나이가 많은 교수가 주임교수와 과장을 겸임하지만, 연배가 비슷한 교수가 여럿 있으면 돌아가며 하기도 한다. 이럴 때 과내에서의 권력다툼이 쉽사리 벌어지고, 서로 고발하는 웃지 못 할 일이 발생한다. 돈줄은 과장이 쥐고 있고, 인사권은 주임교수가 쥐고 있기 때문이다.

의국은 레지던트는 4년 차 1명, 3년 차 2명, 2년 차 3명, 1년 차 2명, 인턴 1명의 의사로 구성되어 있었다. 나와 함께 하는 1년 차는 여자 의사로 나와 졸업 동기이지만 나보다 2살이 어리고 나더러 '민수형'이라고 학창시절부터 불렀다.

마취과는 보통 5개월 정도만 트레이닝을 받으면 혼자 마취를 할 수 있게 되고, 그때부터 혼자 당직을 한다. 1년 차는 대부분 2년 차로부터 배우기에 2년 차의 역할이 크고, 1년 차의 실력이 늘지 않으면 선배나 교수들로부터 혼쭐이 난다. 1년 차가 혼자 당직을 시작하기 전날이 입국 식이 있는 날이다. 과장이 1년 차의 마취 실력을 살펴서 날짜를 결정한다. 마취의 기술은 인공 삽관을 최우선으로 배우고, 전신마취, 부위 마취, 신경차단술 순으로 배우며, 흉부외과, 신경외과 등 특수마취는 2년 차가 되어야 배우게 된다. 마취 이외에도 마취와 수술에 절대적으로 필요한 동, 정맥 혈관을 잡는 것도 1년 차 5월까지 터득해야 한다. 혈관을 잡는 것이 마취보다 어려울 때가 많다. 또한, 마취과 의사는 응급실, 혹은 중환자실 등에서 요청이 오거나, 원내 CPR 방송이 뜨면 어디든 달려가 인공 삽관을 하고 혈관을 잡는다.

 이제는 교수와 의국원들에 대한 소개다. 주임교수인 진교수는 B대학 출신이고 거구에 술, 담배를 좋아한다. 운전면허는 있지만, 출근은 택시로, 퇴근은 집이 있는 영도까지 걸어서 간다. 공과대학을 다니다가 뒤늦게 의과대학에 입학해서 미국 연수 중인 이교수보다 나이는 많지만 면허는 2년 늦다. 이교수는 S대 출신이다. 얼굴만 안다. 학교 강의 시간에 봤다. 다음 채교수는 전라도 C대학 출신으로 트레이닝은 B대학에서 받았다. 술은 먹지 않지만 여자를 좋아하기에 술자리도 좋아라한다. 담배는 골초다. 마지막 정교수는 B대학 출신으로 어리다. 나이가 나와 5년 정도 차이다. 명석하고, 술만 한다. 4년 차는 주선생, B대학, 듬직하다. 의국이 공평하고, 부드럽게 유지되게 하는 사람으로 모든 교수와 타과 의사로부터 신뢰받는 존재다. 심지어는 타과 교수들이 우리 과 교수보다 더 믿는다. 일도 잘하고 공부도 많이 했다. 3년 차 두 명은 B대학 선후배인 양과 박이다. 양선생은 주선생의 후계자라 할 만한 인물이고, 박선생은 그 유명한 3박 중 한 명이다. 아버지가 목사이자, 학교 재단 이사장으로 황금 수저이고, 술을 못한다. 나를 적극적으로 마취과로 끌어온 공신이다. 내 파트너인 이선생을 끔찍이도 아끼고, 우리 병원 최초의 여자 마취과 선생을 만드는데 채교수와 함께 힘썼다. 2년 차 2명은 나와 입학 동기인 김, 예선생이고, 한 명은 B대학 출신 배선생이다.

의국은 3층 수술실 밖 로비에 있고, 마취과 사무실과 당직실은 수술실 내 회복실 옆에 있다. 마취 사고가 가장 많이 일어나는 곳이 회복실이다. 마취가 들깬 상태에서 호흡 정지가 오기도 하고, 수술 부위 출혈이 심해서 쇼크가 오기도 하기에 짧은 시간에 달려갈 수 있도록 배치한 것이다. 마취과 간호사는 8명 정도로 베테랑들이다. 특히 1년 차는 이들과 친해야 한다. 나를 좌지우지할 수 있는 인물들이고 마취 준비, 보조, 키핑(Keeping, 마취 중 환자감시) 등의 업무를 한다. 이들이 얼마나 숙련되게 잘 보조하느냐에 따라 환자의 목숨과 상태가 달라진다. 다들 예쁘고 착하다. 나와 함께 우리 병원에 들어온 간호사가 2명이 있다. 병원 내에서 가장 밀접 근무를 하는 사이라 타과에 비해서 레지던트와 간호사가 결혼하는 비율이 높다.

 마취과 근무도 1달이 지나 2월이다. 집에 가지 못하고 매일 1년 차 둘과 2년 차 한 명이 번갈아 가며 당직을 했다. 5월이 지나 입국식을 하고 나면 1년 차 한 명이 번갈아 내년 5월까지 당직을 할 것이다. 다른 과들에 비해 굉장히 수월하다.

 아내가 임신을 했다. 주기를 계산해보니 2월 18일 전후 출산을 하게 될 것 같았다. 이미 딸임은 알고 있었다. 산부인과 황교수가 주치의인데 초기에 딸이라고 일러줬다. 양가 부모님은 아직 모른다. 실망하실 것 같았다. 의국에서 단체로 2월 중에 여서도로 낚시 여행을 가기로 되어 있는데, 고맙게도 아내의 출산일을 뒤로하기 위해 19일 금요일 저녁 출발하기로 했다. 그날 전에 애가 나와야 하는데. 하지만 18일을 지나도 소식이 없었다. 어쩔 수 없이 19일 의국에서는 봉고를 빌려 출발했다. 채교수가 운전하고 진교수, 박, 주, 김, 예, 배, 이선생 그리고 나, 이렇게 8명이 여수로 출발했다. 여수에서 하룻밤을 묵고 진도항에 도착하니 배 한 척이 우리를 기다리고 있었다. 우리 마취과 사무직원의 아버지가 여서도에 살면서 우리를 데리러 온 것이다. 낚시점에서 필요한 미끼를 사고 낚시 도구를 빌려 여서도로 출발했다. 2시간이 걸렸다. 다도해는 처음이었다. 어찌나 아름다운지 눈이 행복했다. 도착 후 저녁을 먹었다. 진수성찬이었다. 여직원 어머니의 솜씨는 정말 훌륭했다. 모든 것이 바다에서 난 것으로 차려졌는데 너무 맛있었다. 밤낚시를 배를 타고 나왔으나 한 마리도 잡지 못하고 숙소로 가서 잤다. 다음 날 아침을 매운탕으로 먹고 갯바위 낚시를 갔다 왔다. 오전 중에 배가 출발하기로 했는데 바다의 바람이 강해지고,

파도가 커졌다. 작은 배로 움직이는 것이 위험하다는 주민들의 말에 어찌할 수 없어 100인승 여객선을 비싼 돈을 주고 대절했다. 월요일 아침 출근은 하늘이 무너져도 해야 하니까. 2시간가량을 파도에 출렁이며 구토를 하면서 버텨서 진도에 도착 후 봉고로 옮겨 타고 출발했다. 마산 인근까지 왔나? 채교수가 잠시 내려 공중전화를 하고 오더니, 김민수의 딸이 태어났다고 한다. 당직을 하고 있던 양선생이 무통 마취를 하고 태어났다. 오후 2시였다. 빨리 가서 안아보고 싶은데, 채교수, 방향을 병원이 아닌 용원으로 돌렸다. 다들 회를 먹고 놀다가 6시경 병원에 도착했고, 교수들과 의국원들이 축하하러 산부인과 병동으로 갔다.

 장인, 장모는 화를 냈다. 어머니, 아버지는 호주 여행 중이시고, 나는 의국 여행 중이었고, 출산이 늦어져서 안달이었을 것이다. 내가 어찌할 수가 없었는데? 다행히 3년 후배 처제가 임상 실습 중이라, 옆을 지켜 아내를 안심시킬 수 있었다.

입국식을 마치고 드디어 홀로 당직이 시작되었다. 기쁘기도 하고 두근대기도 했다. 신경차단술까지 할 만큼 마취도 많이 늘었다. 일복이 왜 이리 많은지 모르겠다. 내가 당직하면 매일 밤을 새워 수술이 들어왔다. 그러니 실력이 빨리 늘었는지도 모르겠다.

어느 당직날 새벽 2시에 일반외과 2년 차가 당직실로 들어왔다. 아페(Appendectomy, 충수돌기 절제술)였다. 30분이면 처리할 수 있는데, 신경외과의 응급 수술을 하고 있는 중이었다. 1시간은 기다려야 가능했다. 혼자 당직하는 날에는 가급적 두 수술을 동시에 하지 않았다. 급한 경우만 가능했다.

"저 그러면 내일 우리과 김교수님 라디칼 앞에 8시에 해주시겠습니까?"

"네 그러시죠"

아침 8시 앞에 아페 환자 마취를 하고 있는데 외과 2년 차 선생이 얼굴이 하얗게 질려 들어왔다.

"김선생님, 우리 김교수가 보자합니다."

"왜요?"

"이 수술 때문이에요."

"화가 많이 났어요, 자기 수술 앞에 밀어 넣었다고."

"선생님이 하자고 했잖아요?"

"그걸 아시면 저는 죽습니다."

"알았습니다."

 40이 넘어도 장가를 안가고, 자기 고집이 세고, 말을 마음대로 하는 스타일의 교수다. 마취과 사무실로 가니 진교수, 채교수, 외과 김교수가 앉아 있었다. 나를 째려보면서 앉으라는 소리도 없었다. 내가 얌전히 목을 숙였다.

 "야, 김민수 니가 뭔데? 내 수술 앞에 응급을 끼워, 밤에 응급이면, 응급답게 했어야지. 니 어미, 애비라면 니가 그렇게 하겠냐?"

"죄송합니다."

"내 환자가 아침밥 굶고 있는 것은 생각 안해?"

"…"

"니, 이 새끼 앞으로 한 번만 더 이 짓거리 하면 죽을 줄 알아, 너 하나 짜를 힘은 있어."

"죄송합니다."

 우리과 교수들은 두 명이 앉아서 지켜보고 있지만 아무도 말이 없었다.

 회식도 자주하지만, 여행도 자주 갔다. 항상 채교수가 바람을 잡고, 박선생이 흥을 돋운다. 6월 초, 이번에는 간호사까지 대동하여 토, 일, 포항으로 향했다. 병원을 지키는 1년 차 이선생을 빼고 모두 나섰다. 간호사는 비번인 4명이다. 다들 즐거워했다. 특히 총각인 2년 차 김선생은 더 그렇다. 김선생은 동년 차인 이간호사를 사귀고 싶어 한다. 이미 내게 도움까지 청했다. 포항 시그너스 호텔에 도착했다. 신설 호텔이라 시설이 좋았고, 깨끗했다. 어디서 돈이 생겨 이 여행을 왔을까 싶지만, 뻔하다. 미니버스를 대절하고, 2인 1실의 방을 6개나 빌리고, 식사하고. 의료업자가 부담했을 것이다. 채교수는 말도 많고, 발도 넓다. 병원마취과와 거래하는 대부분의 약품 도매상, 마취제 제약업자, 의료 기구상과 두루 친했다. 술도 안 먹으면서 자주 만났다.

저녁 식사 후 나와 2년 차 두 명, 장과 이 간호사 두 명이 따로 빠져 나와 술을 먹으로 갔다. 거의 새벽 2시까지 주거니 받거니 했다. 장간호사는 잘 먹는데 이간호사는 영 아니다. 나와 예, 김이 아무리 권해도 세 번 권하면 한잔 먹는 식이다. 결국 2시 장소를 옮기자고 먼저 나와 버리고 그들, 김과 이 간호사만 남았다. 뒷일은 모른다. 나는 다음날 차에서 계속 잠만 잤고, 보경사 구경은 하지 못했다.

죽음을 여럿 보았지만 테이블 다이(Table die, 수술 중 사망)는 처음이었다. 끔직한 경험이고 내게는 이제까지 최고의 고통이었다. 오줌을 지릴 정도의 숨

가쁜 순간이었다.

 9월 추석날 당직을 하는데 두 장의 응급 수술 스케줄이 동시에 들어왔다. 일가족으로 30대의 아버지와 두 살 난 아기였다. 성묘를 다녀오다 교통사고로 아기의 큰아버지까지 세 명이 다쳤는데, 큰아버지는 응급실 도착 전에 이미 사망했단다. 아기 엄마는 임신 중이라 성묘에 가지 않았는데, 의과대학 서무 직원이었다. 나의 학창시절에는 처녀였고, 예뻤다. 수술 입구에서 울며 서 있었다. 신경외과 선생이 아기 스케줄을 일반외과 선생이 아빠 스케줄을 들고 왔다.

 "누가 먼저 할래?"

 "애가 멘탈이 코마다."

 "우리는 체스트(Chest x-ray, 가슴 사진)를 찍고 봐야 할 것이 있으니, 신경외과 먼저 해라."

 "그러면 신경외과 먼저 할 테니, 급하면 바로 올려라"

당직 마취과 간호사는 믿을 만한 장간호사였다. 바로 아기가 수술실로 들어 왔다. 급하게 서둘러 마취를 했다. 인투베이션을 위해 소아용 라린고스콥(laryngoscope, 후두경)을 입안으로 넣는 순간 '아' 했다. 이미 성대 부근과 입안에는 피가 찼고 흰 무엇이 둥둥 떠 다녔다. 베이잘 스컬 프랙쳐(Basal skull fracture, 뇌 기저부 골절), 살 가능성이 없다. 그 순간 서큘레이터가 뛰어왔다.

"선생님, GS환자 입구에서 CPR하고 있어요."

"빨리 1번방으로 넣고 마취합시다."

환자는 일반외과 레지가 올라타 CPR을 하면서 수술실로 들어오고, 옮기고, 나는 급하게 마취준비를 하고, 정신이 없었다.

"먼데?"

"헤모 페리토리움(Hemo-pertorium, 복강내 출혈)인데 혈압이 너무 떨어져 체스트를 찍으니, 왼쪽 헤모 쏘

락스(Hemo-thorax, 가슴내 출혈)가 같이 왔네, CS(Cardiac surgery, 흉부외과) 불렀다."

준비해온 마취를 급하게 걸고 센트랄(Central Line, 중심 정맥관)을 목과 쇄골에 큰 관으로 두 개 설치했다. 장간호사와 인턴은 피를 손으로 짜 넣기 시작했다. GS 김교수가 당직인가 보다. 들어왔다. 홀아비라 대부분을 병원 연구실에 살았다.

"김선생, 혼자할 수 있게나? 헬퍼(Helper, 도움이) 부르지?"

"교수님 헬퍼 불러도 빨라야 한 시간입니다. 어떻게 해보겠습니다. 라인은 충분히 확보했고, 피도 빠른 속도로 퍼붓고 있습니다. 수액은 풀 드랍(Full dropping, 최대의 속도로 수액 주입)하고 있습니다. 지금 헬퍼가 와도 더 이상 할 것은 없습니다."

"그래 시작하자."

배를 메스(Mese, 수술용 칼)로 열자마자 피가 폭발을 하듯 치솟았다. 김교수는 당황하지 않고 석션

(Suction, 흡입)을 하고 브리딩 포인드(Bleeding point, 출혈 지점)을 찾는다. 손이 빠르다. 그때다, 모니터가 삐삐거렸다. 어레스트(Arrest, 심정지)직전인 것이다. 혈압이 잡히지 않았다. EKG에 심박수는 치고 올라갔다. 200회에 가까웠다. 결국 어레스트가 왔고, 심장 마사지는 수술포로 덥혀있어 우리가 못하고, 외과에서 했다. 마취제 투여를 멈추고, 산소만 투여하며 소리쳤다.

"장간호사, 에피(Epinephrine) 원앰플(Ample. 주사제가 담긴 유리관) 샽(Shot)!"

에피가 들어가는 순간 CS가 들어왔다. 수술복을 입을 시간도 없었다. 장갑만 낀 채 테이블로 와서는 왼 가슴을 메스로 갈비뼈 사이를 열고, 시저로 자르고, 순식간에 심장을 찾았다. 그리고 손을 넣었다.

"심장이 텅 비었다."

하며 손으로 맛사지를 했다. 가슴에서도 피가 솟구쳤다. 우리는 힘을 다해 피를 짰다. 나는 왼 목에 또 하나의 혈관을 잡았다. 서쿨레이터도 도왔다.

"장관호사 전 의국원에 헬퍼하세요."

30분이 경과 했다. 이제 나올 피도 없다. 헬퍼로 김과 예, 정교수가 도착했다. 사건은 종료되었다. 심장이 완전히 멈췄다. GS 김교수가 그만하자고 했다. 이것이 테이블 다이다.

환자는 인턴을 시켜 회복실로 옮기고 사무실로 갔다. 무엇을 해야 할지 몰라 멍하고 있으니, GS 김교수가 들어왔다.

"김 선생, 오늘 환자는 니가 죽였다."

"네?"

"헬퍼를 빨리 불렀어야지."

"교수님 올 시간에 일이 끝났을 거라고 말씀드렸잖아요."

"니, 평생 안고 가라."

하고 나갔다.

'평생을 안고 가라고? 내 잘못이라고?', 내 귀와 머리에서 맴돌았다. 머리를 쥐어짰다. 내 판단의 미스였다. '아버지를 먼저 하고 애를 해서야 했는데, 아니 그래도 살릴 수 없었을 거야, 아니 모르는 일이었어.' 나는 1년 차 마취과 의사다. 병아리다. 그래서 더 아팠고, 울고 싶었다.

결국, 두 사람을 잃었다. 다음날 무거운 마음으로 하루 종일 일하고 퇴근하면서 의국에 사직서를 제출했다. 채교수가 오더니 내일 출근 안 해도 되니 오늘 술 한잔하자고 했다. 양, 김, 주, 채교수, 나 이렇게 한 차로 서면으로 갔다. 기생집이었다. 처음 가보는 곳이었다. 2층으로 안내해서 가니 10명이 앉을 큰 상이 준비되고 있고 아가씨들이 한복을 입고 들어왔다. 채교수는 나보고 먼저 선택하라고 했다. 나는 키 작고 예쁘장한 아가씨를 선택했다. 말없이 혼자 술 먹었다. 술에 취해 잠들었다가 눈을 뜨니 분위기가 파하는 모양이다. 술판이 끝나고, 채교수가 레지들 2차 가라 했다. 집에 간다고 하니 못 가게 했다. 어쩔 수 없이 따라서 근처

가라오케에 갔다. 맥주를 먹었다. 시끄럽다. 또 잠들었다. 누군가가 깨워서 눈을 뜨니, 2년 차 김이었다.

"민수, 니 아가씨랑 3차 가란다."

"아니 나는 집에 갈란다."

"그러면 니 아가씨랑 내가 가도 되겠나?"

"응."

나는 택시를 잡아타고 집으로 갔다. 몇 시인 줄도 모르고.

아침에 눈을 뜨니 9시였다. 벌떡 일어났다. 아내에게 소리치고는 순간적으로 뛰어나왔다. 택시를 타고 병원으로 와서 마취과로 가는데 '어, 나 사직서 썼었는데.' 나도 모르게 사무실로 들어섰다. 정교수가 소파에 앉아 쳐다보며, '사직서 내고 출근하냐?' 나는 머리를 근적거리며 웃었다.

며칠 뒤 김이 내게 오더니, 비뇨기과 1년 차를 불러달라고 해서 친구를 불렀다. 임질에 걸린 것이다.

산부인과 제왕절개술 마취는 1년 차 중반이면 할 수 있다. 일반 마취와는 다르다. 아기가 마취가 되지 않게 하기 위해 마취 시작 5분 내로 아기를 꺼내야 한다. 마취는 모든 준비가 끝나고 시작한다. 포를 덮고 수술 팀이 준비되면 마취를 시작한다. 정맥 마취제는 평소의 절반. 시간은 5분이다. 환자에게 정맥 마취제를 주고 잠이 들면 바로 인공 삽관을 하고, 마취기와 연결해 호흡기를 작동시키며, 소량의 흡입 마취제를 튼다. 그리고 '시작하세요', 하고 말하면 일사천리로 배를 가른다. 하복부를 수평으로. 피부, 피하, 근육, 복강을 가르면 커다란 자궁이 나오고, 산부인과 의사는 조심, 조심 자궁을 가른다. 이제껏 메스만 쓴다. 양막이 볼록 올라오면 메스로 콕, 풍선을 터트리면 양수가 흐른다. 손으로 벌려 아기를 꺼내 날렵하게 탯줄을 묶고 자르고, 소아과로 넘겨지고, 여기까지가 5분이다. 아기가 운다. 나는 마취의 심도를 올린다. 끝. 시섹(C-SEC, Caesarean section, 제왕절개술)은 로마의 카이사르가 태어나며 받은 수술이라 이름 붙여진 것이다.

 마취의 심도가 얕기에 조심해야 한다. 간혹, 아기가 나오기까지의 이야기를 기억하는 산모들이 있다. 심심치 않게 사고를 치는 3년 차 박선생이 큰 사고를 저질렀다.

 특히 산모들은 수술 전에 불안에 떨며 말이 많다. 당연한 것이 사고가 생기면 자신과 아기가 함께 위험해지기 때문이다. 어느 날 박이 제왕절개 마취를 할 때 산모는 유독 불안에 떨었고, 말이 많았다. 의식이 또렷한 상황에서 수술포가 덮혀 지고 있는 동안 산모는 울기까지 했다. 마취과 의사는 환자의 불안을 달래주고 안정을 시키는 것이 필수다. 마취를 위해 인공 삽관을 하면 기관지로 들어가는 이튜브(Endotracheal tube, 기관지내관)가 기관지를 강하게 자극하면서 혈압과 심박수를 상승시키는데, 심하면 뇌와 심장에 문제를 일으킬 수가 있다. 거기에 환자가 불안에 떨면 교감신경을 자극해 더욱더 바이탈이 흔들리기 때문이다. 박은 마취를 하고 아기가 나오는 동안 간호사에게 말했다.

"이 여자 미친년 같지?"

환자는 수술을 마치고 다음 날 병원에 고발했다. 수술하는 동안 나를 미친년이라고 누군가가 말했다고. 그러나 범인은 찾지 못했다.

수술을 받는 환자들은 마취가 되고 소독을 하기 위해 대부분 환자복을 벗기게 된다. 수술실에서 일하는 의료진들은 환자의 속살을 의도하지 않고 볼 수밖에 없다. 이왕 보는 것이라면 가을 단풍은 내장산, 설악산에서 즐기는 것이 좋다.

트랜스젠더의 성전환술을 우리 병원의 성형외과에서 많이 했다. 성형외과 과장 교수가 우리나라에서 권위자였기 때문이었다. 남성을 여성으로 전환하는 것이 대부분이고, 여성을 남성으로 전환하는 것은 가끔 있었다. 환자는 남성에서 여성으로의 성전환 수술을 받기 전 6개월 이상의 기간 동안 여성 호르몬을 투여 받고, 정신과 치료를 받으며 신체적, 정신적 여성화를 만들어갔다. 그리고 만족할만한 성과가 이루어지면, 성전환 수술을 했다. 대부분이 20대였다. 키도 크고, 얼굴도 예쁘다. 특히 젖가슴은 황홀한 정도로 아름다웠다. 수술실로 들어와 마취가 끝나면 간호사, 의사할 것 없이 모두 구경을 했다. 그리고 감탄했다. 특히 간호사들의 감탄이 컸다. '교수님 저도 이렇게 만들어 주시면 안 돼나요?' 했다. 서양인처럼 커서 예쁜 것이 아니고 한 손에 들어올 크기에, 젖 봉오리가 꽃과 같고, 유방 사이의 골은 깊은 계곡 같아서 아름다웠다.

해가 바뀌었다. 이제 곧 2년 차가 된다. 1년 차도 두 명이 확정되었다. 둘 다 이씨다. 나이가 한 살 터울이라, 큰 이, 작은 이 라고 불렀다. 큰 이는 내 후배이고, 작은 이는 B대학교 출신이다. B대학병원에서 인턴을 하고 7남매 중 막내 독자라 6개월 단기로 군 복무를 했다. B병원의 마취과 티오가 없어 우리 병원을 지원했다. 버르장머리가 없는 것 같았다.

신년의 첫날, 당직이었다. 수술도 없어 한가하게

인턴과 사무실에서 TV를 보는 사이 전문의 시험을 준비하고 있는 주선생이 다녀갔다. 교수 연구실에서 매일 공부에 매진하고 있었다. 부러웠다. 나는 3년이나 기다려야 하는데. 11시경 사무실로 전화가 왔다. 창원에 파견 근무를 간 박선생이다.

"김선생, 나 창원에서 양선생과 교대를 하고 부산으로 가야 하는데, 차가 없다. 니가 차몰고 창원으로 와서 날 병원으로 데려다 주면 안되겠나?"

"저밖에 없어서 안되는 데요."

"주선생이 연구실에서 공부하잖아."

"예."

"급한 수술이 있으면 주선생을 콜 해라고 해라. 미리 말하지는 말고."

"…"

3년 차고, 국장이다. 한참을 망설이다가 인턴에게 '혹시 날 찾는 전화가 오면 친구가 병원으로 찾아와서 잠시 병원 앞에 나갔다고 해라', 하고는 창원으로 출발했다. 남해 고속도로를 오르니 차가 엄청 밀렸다. 국도로 우회해서 2시간을 달려 창원에 도착했다. 부산으로 내려오는 길은 수월해 오후 3시경 병원에 도착했다. 채교수로부터 전화가 왔고, 날 찾길래 친구 만나러 갔다고 했단다. 그럴 줄 알았다. 채교수는 별일이 없으면 주말이나 주일에도 병원으로 온다. 출퇴근 도장을 찍어야 당직 수당을 받을 수 있으니.

 나와는 전혀 상관없이 다음날 일이 벌어졌다. 점심시간이 지나서 채교수가 나를 불렀다.

"김민수, 너 이리 앉아봐."

"너 어제 어디 갔었어?"

"친구가 와서 잠시 병원 앞에 나갔다 왔는데요."

"거짓말하지 마, 박이 실토했어."

"네?"

박이 교수들과 식사를 하다가 실수로 이렇게 말했단다.

"어제 양선생과 교대를 하는데 부인과 애를 데리고 와서 짐을 옮기는 게 마치 이사를 온 듯이 짐이 많아 저하고, 민수하고 한참을 도왔습니다."

"야, 당직이던 민수가 왜 나와. 어쩐지 전화하니 잠시 나갔다고 하더니 창원에 갔구나, 요 새끼."

내게는 1주일 동안 벌 당직의 처분이 떨어졌다. 박은 무사했다. 박이 아무리 무서워도 가지 않았어야 했는데 책임은 이탈한 당직자에 있다는 것이었다. 내 파트너 이선생은 난감해했다. 하지만 채 교수가 당직을 바꾸면 함께 벌 당직을 하게 할 것이라고 겁을 주며, 매일 퇴근길에 이와 박을 데리고 골프 연습장에 갔다. 2년 차 김은 '울화가 터져도 어쩌노' 하면서 참으란다. 난 아무런 생각도 없는데. 일복이 많은 놈이라 밤새 수술이 이어졌다. 목요일까지 밤마다 잠을 거의 못 잤다. 낮에 조금씩 갱의실에 숨어 쪽잠을 자는 것이 다였다. 목요일 일과를 마치고 사무실 소파에서 자고 있는데 채교수가 정교수와 들어왔다. 손에 비닐봉투를 쥔 채. 나는 일어나 인사하고 갱의실로 가서 다시 잠을 청했다. 인턴이 와서 채교수가 부른다고 했다. '아, 시발', 속으로 욕이 나왔다.

"너 이 새끼, 나 꼬라지 보기 싫어 나갔지."

사실이라 묵묵히 대답을 안하고 있었다.

"자, 이거 먹어, 인턴아 너도 먹어라."

봉지에 켄터키치킨이 들어 있었다. '시발, 너 같으면 잠이 와서 죽겠는데 먹고 싶겠냐?' 생각으로 눈도 주지 않았다.

"채교수님, 김민수 이제 벌 당직 풀어 줍시다. 이러다가 밤에 마취사고라도 나면 어떻게 합니까?"

"그래, 좋아, 오늘로 끝내고 내일은 집에 가라."

'그러면 오늘 밤도 밤을 지새우란 말인가? 빨리 사무실 비우고 집에나 가라 인간아.'

채교수와의 악연은 레지던트 시절 내내 이어졌

다. 밤에 귀가하지 않고 사무실에 앉아서 밤이 새도록 당직 레지던트를 붙잡아 앉혀서 이야기를 했다. 차라리 응급 수술이 있어 수술방에 있는 것이 났다. 잠까지 자는 날에는 당직실 이층 침대의 1층에서 자니까 나는 2층에서 자야 했다. 비 오는 날에는 운전하기 싫어 집까지 바래다주어야 하고, 누구랑 만나 술자리를 하는 날엔 밤에 나가서 병원으로 '모시고' 와야 했다. 채교수 '덕분'에 기생집도 갔지만, 완월동이라는 사창가도 처음 가봤다. 한여름 태풍 부는 날 밤, 10시에 전화를 해서는 나보고 차 가지고 와서 데리고 가라고 했다. '시발, 이 비바람 속에 지가 운전하기 싫으면, 나는 운전하고 싶겠나? 더구나 연산동이면 이 빗속을 한 시간을 운전하고 가야 하는데.'

 1년 차 초기의 어느 토요일이었다. 배선생과 당직을 하는데 전화가 와서는 거제 장승포로 자기를 데리러 오라고 했다. 내가 장승포를 가보기나 했나. 다행히 그때 인턴이 통영 출신이라 함께 거제로 향했다. 오후 4시에 물어물어 채교수의 처남이 오픈한 병원을 찾아갔다. 없었다. 벌써 출발했단다. 의약품 도매상이 몰고 온 차를 타고 갔단다. '시발 레지던트가 지 하인인가, 오고 있다는 것을 알면서도 먼저 출발했다니 어이가 없다.'

 나를 괴롭힌 사람은 채교수만이 아니었다. 어쩌면 함께 사는 것이나 마찬가지인 3년 차 박은 내게 정말 힘든 존재였다. 박은 3년 차가 되어 의국장이 되었고, 의국과 수술에서 그 누구도 가질 수 없는 실권을 휘둘렀다. 타과 교수들도 어찌하지 못했다. 교수들에게는 항상 알랑방귀를 뀌며 아부하고, 아래 사람들에게는 가혹한 폭군이었다. 나를 가장 많이 괴롭혔다. 어디를 가든 끌고 다니는, 나는 그의 비서 이자, 운전수였다. 술자리에서는 나는 그의 술 상무가 되어야 했고, 여성에 대한 극진한 우대로 내 파트너, 이선생이 임신을 하자 나는 더욱 많은 일을 하게끔 강요당했다. 임신을 하고 점차 배가 불러지자, 박선생은 수시로 이선생을 쉬게 하고, 년 차별로 해야 할 일이 정해져 있으니 내가 대신할 수밖에 없었다.
 회식도 많아졌다. 이 핑계, 저 핑계로 채교수와

회식의 이유를 만들어 내면서 매주 회식이 이어졌다. 참으로 신기한 것이 채교수 뿐만 아니라 박선생도 술을 거의 못했다. 소주 2잔만 먹으면 얼굴이 벌게지고, 심박수가 심하게 올라 옆방으로 도망가서 누워있어야 했다. 의국의 술 문화가 만들어진 것도 박이 국장이 되면서부터였다. 교수들이 진교수를 중심으로 좌우로 앉으면 국장은 진교수의 맞은편 자리, 나는 국장의 왼편에 자리했다. 국장이 일어서서 인사를 하면 잠시 후 진교수의 축사나, 답사가 이어졌다. 이제 술이 돌기 시작한다. 1년 차가 진교수부터, 채교수, 정교수, 4, 3, 2년 차 순으로 돌면서 자기 소주잔으로 한잔을 주고, 한잔을 받았다. 이렇게 4년 차까지 이어지면 1년 차는 이미 몇 병의 소주를 마신 것과 같다. 박선생은 술을 먹지 못하면서 앞자리에 앉아있는 진교수와 정교수, 4년 차 주선생에게 끊임없이 술잔을 주거니 받거니 했다. 자기가 받는 술은 왼쪽에 있는 나에게로 전해졌다. 자신의 왼손으로 잔을 술상 밑으로 보내며, 교수들이 알지 못하게. 나는 처음에 그 술잔의 술을 버렸다. 버리는 것을 눈치챈 박은 자기 어깨로 나를 치며 먹으라는 시늉을 했다. 어찌 하겠는가, 먹고 죽기야 하겠나, 나의 술량은 지속적으로 늘어만 갔다. 2차, 3차는 항상 존재했다. 3차의 비용은 각자가 냈다. 파견 수당이 있으니 여유가 있지 않는가 해서였다. 채교수가 만들었다. 애가 있는 나는 여유가 없지만 어쩔 수 없었다.

 의국원 중에 결혼한 선생의 부인들의 모임이 한 달에 한 번씩 있었다. 그렇게 주말에 부인 모임이 있은 후 다음 월요일엔 이런저런 다툼이 생겼다. 어떤 이는 부인에게 의국 이야기를 시시콜콜 다하기 때문이다. 주로 양이 그랬다. 지난주 월요일엔 박이 화가 나서 양을 불렀다. 양은 킴(군대를 아직 가지 않은 의사)이고 박은 넌킴(군대를 다녀온 의사)이기에 박이 3년 선배다.

"양 선생, 니 너거 마누라한테 파견 수당 다 주나?"

"와 예, 형님은 다 안 줍니꺼?"

"그래, 그걸 너거 마누라가 우리 마누라한테 고

자질해서 들켰다 아이가."

"그래서 예?"

"그래서는 무슨 그래서? 입 좀 쉽게 놀리지 마라 케라."

양 선생에게는 아닌 밤중에 홍두깨 같은 소리였다. 마누라한테 말하라고 시킨 것도 아니고, 감춘이가 문제지. 박선생은 집이 부유한 것도 있지만 부인이 아버지 학교의 선생으로 근무 중이었고, 양선생은 나처럼 인턴 때 결혼을 해서 이미 애가 둘이었으니, 올바른 남자라면 부족한 살림살이를 떼먹으랴!

의국의 살림은 국장이 맡았다. 놀기 좋아하는 채 교수에 돈줄을 쥔 박선생은 정말 찰떡궁합이었다. 틈만 나면 의국원들을 대동해서 혹은 가족까지 동반하는 여행 스케줄을 만들어 냈다. 나로서는 식구들과 함께할 때는 정말 행복한 시간이었고, 의국원들과 갈 때는 상당히 괴로웠다. 할 일이 많았기 때문이다. 내가 모든 잔일을 다 해야 했다. 지리산 등반, 포항, 남원, 광주 등 채교수는 지인이 많아 가는 곳곳에서 지인들이 우리와 합류하여 자리를 같이했다. 그때면 년 차별로 일어나 인사를 했다. 지리산에 등반할 때는 모든 짐을 내가 메고 올라갔다가, 내려왔다. 이선생은 여자라고. 저도 1년차 때에 그렇게 했단다. 모진 시어미에 아래서 모진 며느리가 만들어지는 것일까? 아니다. 채교수가 레지던트를 시작할 당시에는 전국의 의과대학의 수가 많지 않았다. 그래서 대부분의 대학병원이 그 학교 출신으로 레지던트를 채웠다. 채교수는 전라도 대학 출신으로 운이 좋아 B대학병원에 레지던트를 할 수 있었다. 진교수는 채교수의 의국 2년 선배이고, 정교수는 1년 후배이다. B대학 출신들로 구성된 의국에서 살아남기 위해 한 행동들이 고스라니 몸에 배어있었던 것이다. 그래서 진교수를 극진히 모셨다. 자기가 하는 행동의 옳고 그름을 판단하는 것이 불가능한 상태였다.

3부
폴리매스(Polymath)

- 다양성

 폴리매스란 박사(Doctor)를 말한다. 다방면에 능한 사람이다. 그리스, 로마, 르네상스를 거쳐 근세에 이르기까지 대부분의 유명한 학자와 예술가, 작가, 정치가 등은 모두 폴리매스였다. 천문학자, 신학자, 시인이었고, 화가이고 의사였다. 대표적인 인물이 레오나르도 다빈치다. 화가이면서 건축가, 의사였다. 이렇게 장르를 넘나드는 사람이 폴리매스다. 오늘날의 전문가와는 다르다. 고대와 근대의 대학은 학문만 가르쳤다. 분류도 없었다. 대학(University)은 다양함을 말하고 학생은 다양함을 배웠다. 대학에서 과가 만들어지고, 전문교수가 만들어지고, 문학박사, 의학박사, 등으로 분류되고 전문화된 것은 근현대의 일이다.

 폴리매스는 다양한 직업을 가지고, 동시에 다양한 일을 하기에 전문성은 떨어질지 모르지만 일의 효율성은 극대화된다. 이 일을 하다가 다른 일을 하며 영감을 얻어 처음의 일에 접목시킨다. 일의 효율이 커지고, 시간도 단축되며, 새로운 사실을 발견하기도 한다. 슈바이처는 신학대학을 나와 목사로 일하고 유명한 피아니스트였으며, 나중에 의사가 되었다. 아프리카에 가서 의료봉사를 하면서 필요한 돈은 틈틈이 자신의 피아노 연주회를 통해 조달하고, 노벨상을 탔다. 폴리메스다.

폴리매스는 지금으로 말하자면 융합이다. 전문화가 심화되면서 이 작업은 이 분야, 저 작업은 저 분야, 이렇게 하다 보니 시간과 돈이 많이 든다. 그래서 한 건물, 한 연구소에 다양한 전문가를 모아 공동으로 연구해서 시간을 절약하고, 효율성을 올려보자고 하는 것인데, 한 사람의 폴리매스가 있다면 더 효과적일 수 있을 것이다. 융합연구가 지금처럼 진행된다면 많은 폴리매스가 탄생할 것이다.

- 전문화 분업

세계화는 분업을 극대화시켰다. 한 푼의 돈이라도 아끼려는 기업의 노력으로, 저임금으로 부품을 만들 수 있는 곳을 찾아 중국, 동남아 등으로 공장을 이전하며 생산의 세계화를 만들었다. 애플은 조립공장은 중국에, 칩은 한국, 대만에, 연구소는 미국, 이런 식이다. 2019년 8월 일본이 소재부품의 수출규제를 한 것도 분업화된 상태에서 주로 일본의 소재를 수입해 쓰는 삼성전자, SK하이닉스, 한국 엿 먹어라 할 수 있었던 것이다. 결국, 실패하고 자기 손해만 봤지만.

- 호기심

폴리매스는 괴짜이다. 괴짜는 체제에 순응하지 않고, 창의적이고 이상주의적이며, 강한 호기심과 취미와 특기에 몰입할 줄 안다. 지능이 높으며, 자신의 독특함을 일찍 알아차린다.

Auterkeia(自足), 즉 타인의 도움 없이 스스로 돌볼 수 있는 역량이 괴짜에게는 있다. 칼 로저스는 '좋은 삶이란 충분히 기능하는 인간으로 사는 것'이라고 했다. 조지 로벤스타인은 '호기심이란, 우리가 아는 것과 알고 싶은 것 사이의 간극이 느껴질 때 발생하는 충동充棟, 욕구'라고 말한다. 아인슈타인은 '나는 특별한 재주가 없다. 열정적으로 호기심을 채우려고 했을 뿐이다'라며, 호기심을 강조했다. 폴리매스는 호기심을 충족시키기 위해 직선적 깊이의 지식(전문가)이 아니고 지식의 폭을 넓히는 경로를 이용한다. 즉, 오감을 통한 지각적 경험을 하고, 합리적인 추론과 직관으로 지식을 획득한다. 이런 지식의 균형 잡힌 관점은 다른 학문들 간의 통섭 속에서 이루어진다(E.O 윌슨). 혼합주의는 진리를 찾는 방법이며, 다양한 관점을 가능한 많이 합쳤을 때 공통된 핵심이 드러나게 되고, 거기에 진리가 있다(데이비드 E 쿠퍼). 호기심이 많은 인간은 언제나 열린 마음으로 세상을 보고, 새로운 것을 추구하는 Neophilia지 Neophobia가 아니다. '전문화란 곤충에게나 어울리는 것이다.'라고 로버트 하인라인은 말했다. 무조건 전문가에게 맡기고 그 분야는 사고를 단절시키는 현대의 전문화는 면허제도에 있다. 이것은 전문가를 더 전문화시키고 비전문가의 접근을 막는 수단으로 이용되고 있는 것이다. 폴리매스는 다재다능함을 가지고 변화에 쉽게 적응하며, 무리를 이끌어 간다. 전문가를 뛰어넘는 폴리매스가 많은 국가가 훌륭한 국가이다.

– 의사집단

 전문가라는 관점에서 보자면 의사집단은 전문화의 극단을 달리고 있다. 의사 자체가 전문가인데 전문의라는 자격증 제도를 두면서 다시 26개 분야로 나누어졌고, 심지어는 소화기, 순환기, 내분비, 신장, 감염 등등의 세부 전문의까지 있다. 대학병원에서 일하는 의사는 전문화로 세분되는 것이 옳은 방향이라고 할 수 있지만, 개업의라면 결코 옳은 것이 아니라고 생각한다. 개업을 한 의사가 26개과의 대부분의 정밀한 진료기술과 지식을 가질 필요가 있겠는가. 얕은 지식과 기술을 가지고도 수술과 진찰과 진단을 할 수 있게(가정의학과를 만든 진정한 의미처럼) 된다면, 즉 다양함을 가지고 자신이 진단하고, 수술하고, 사진을 판독하고, 수술은 외과든, 정형외과든, 이비인후과든 한 의사가 한 장소에서 다 할 수 있다면, 환자는 이 병원에서 진단을 받고, 저 병원에서 수술하고, 하는 행위를 줄일 수 있을 것이다. 의료 자원을 아끼고 궁극적으로 국가적인 의료비용을 줄일 수 있다. 한 사람의 의사가 의료 속에서 폴리매스가 되어야 하는 이유이다.

나는 2년 차가 되면서, 자발적이 아닌 강요 속에서 마취과 의사로서의 폴리매스가 되는 기회를 얻었다.

1년 차가 두 명이 들어오고, 나는 2년 차가 되었

다. 후배인 큰 이는 카드노름을 좋아하고, 겁이 없고, 소통이 부족하지만 착했다. 작은 이는 머리는 명석하지만, 눈치를 잘 보고, 남을 이용할 줄 아는 전형적인 테이커다. 배울 때는 머리를 숙이겠지만 이 친구의 후배들이 걱정되고, 내가 선배인 것이 정말 행운이라고 생각이 들었다.

 사고는 큰 이가 먼저 쳤다. 아니 작은 이는 애초에 사고 칠 놈이 아니었다. 3월 큰 이와 함께 당직을 하는데 장폐색으로 셉시스(Sepsis, 폐혈증) 환자의 복부 응급 수술을 하게 되었다. 함께 들어가서 큰 이가 마취하는 것을 지켜보고, 수술은 잘 마무리되었다. 아마도 수술 중에 GS가 병동에서 쉽게 케어할 수 있게 센트럴 라인을 부탁했나 보다. 사무실로 오더니 인터날 쥬굴라(Inernal jugular vein, 내경정맥)를 잡겠다고 하길래, 오케이 했다. 잠시 후 다시 나타나서는.

 "왼쪽은 실패했는데 오른쪽을 다시 잡으면 안 되겠습니꺼?"

"아니 위험하다. 그래도 하겠다면 카로티드 아터리(Carotid artery, 경동맥) 찌르면 포기해라"

했다. 또 실패했다. 회복실로 나오면 내가 하지 했다. 환자를 큰 이가 깨우고 회복실로 왔는데 5분 뒤 장간호사가 뛰어왔다. 환자가 숨을 쉬지 않았다. 달려가 보니 환자의 양 목이 부어있었다. 삽관을 시도했으나 목이 안으로 부어 성대가 보이지 않았다. GS를 불렀다. 휴게실에서 김밥을 먹다가 달려왔다.

"샘, 트라키오(Tracheostomy, 기관절개술)합시다. 목이 부어 보칼 코드(Vocal Cord, 성대)가 안보여요"

GS는 순간적으로 목젖 밑을 절개했다. 아차 싶었다. 우리는 트라키알 트뷰(Tracheal tube, 기관지용 관)가 없다. 어찌하지 하는데 장간호사 스프링이 들어있어 부드럽게 굴절이 가능한 이튜브를 들고 서 있었다. 그것을 사용하고, 내가 센트랄 라인을 잡고 일은 종료되었다.

"장간호사, 이 이튜브 가지고 올 생각이 나드나?"

"예 순간적으로 트라키알 튜브가 없으니 이거라도 써야지 하고 생각이 들데요."

정말 똑똑했다. 나는 생각도 못 했는데.
큰 이를 불렀다.

"니가 뭘 잘못했는지를 알려줄게, 인터날 주굴라 베인을 잡다가 카로티드를 찌르면 우선 붓지 않게 컴프레션(Compression, 압박)을 해야 하고, 그리고 5분 뒤에도 괜찮으면, 그때 반대편을 시도해야 된다. 니는 컴프레션을 하지 않고 반대편에 시도를 하고, 또 카로티드를 찌르고, 또 컴프레션을 안해서 양쪽의 헤마토마(Hematoma, 혈종)가 목을 안쪽으로 밀어서 숨을 못 쉬게 된 거다. 알겠나?"

"예."

"좋은 경험했다."

내가 폴리매스가 된 사연이다. 채교수는 발이 넓

었다. 창원의 H병원의 원장은 채교수의 대학 선배다. 진영에도 병원이 하나 더 있다. 최근에 개원을 했는데, 우리 병원에 레지던트 파견을 요구했다. 작년부터 시작되었는데 5월 이후 내가 당직이 풀리면서 합류하게 되었다. 3년 차 2명, 2년 차 3명, 그리고 나, 이렇게 6명이 첫 주는 진영, 둘째 주는 창원, 그 다음 주 본원에 복귀, 이런 순으로 로테이션을 돌았다. 진영에서는 병원에 기거하며, 밤에는 응급실 당직도 했다. 응급실 당직은 피곤하지만 내가 내과, 소아과, 정형외과 등의 질환을 경험하게 되는 소중한 시간이었다. 물론 낮에는 마취를 했다. 당직비는 채교수가 직접 받기에 우리는 얼마인지 모르지만 연차별로 수당을 받았다. 참 많은 토론을 주고받았다. 결국, 과장 교수가 결론을 내렸다. 파견을 나가는 선생도 힘들겠지만 병원에 남아 있는 선생들도 빈 공간을 채워야 하니 연차별로 공평하게 받아가도록 했다. 1년 차 50만 원, 2년 차 70만 원, 3년 차 90만 원, 4년 차 110만 원. 집안 살림에 많은 보탬이 되었고, 마취과를 잘 선택했다는 기분이 들었다. 무엇보다도 2주간을 외부에서 누구의 눈치도 없이 일하는 것이 기뻤다.

진영에서 응급실 당직 중에 일어난 일들이다.

환자는 밤을 지새울 만치 많고, 다양하게 온다. 많을 때는 저녁 6시에서 다음날 9시까지 40여 명을 보기도 했다.

토요일이 가장 바쁘다. 열성경련으로 토요일 오후에 입원한 5살 아이가 결국 그날 밤을 넘기지 못하고 죽었다. 밤 10시경 의식이 없어지고, 호흡이 느려져 내가 급하게 삽관을 했으나 살리지 못했다. 엄마가 넋을 잃고 주저앉아 있고, 아버지, 할머니는 죽은 아이를 붙잡고 흐느꼈다. 나도 눈물이 났다. 내가 해줄 수 있는 것이 없어서 더 아팠다. '소아과 의사가 있었으면 살릴 수 있었겠지? 대학병원으로 후송을 했으면 살릴 수 있었겠지?' 초라한 내 모습이었다. 소아과 과장과 전화 통화를 하면서 실시간으로 약물을 투여했지만 살릴 수 없었다. 할머니에게 죄송하다고 말하니, '손주의 운이 여기까지인 것을 누구를 원망하겠노', 하셨다. 그래도 가슴은 찢어질 듯이 아팠다. 그리고 머리는 텅 비어있는 느낌이었다. 자리를 뜰 수가 없고, 무엇을 해야 할지 생각이 떠오르지 않았다.

밤 11시, 50대 남자가 가슴 통증을 호소하며 앰뷸런스에 실려서 들어왔다. 식은땀도 흘렸다. 심전도 모니터를 보니 ST 디프레션(ST depression, 심전도에서 심근경색증의 신호)이 나타났다. MI(Myocardial infarction, 심근경색증)였다. 혈관을 잡고 몰핀(Morphine)을 정맥으로 투여하고 기다리니, 차츰 통증이 가라앉고, 심전도도 정상으로 변했다. 환자는 보호자가 멀리 있다고 했다. 밤에 집에서 혼자 자다가 일이 터졌다. 환자가 택시를 타고 가겠다고 했다. '환자분 지금 집에 혼자 가시면 안 됩니다. 오늘 응급실에 계시고 내일 아침 대학병원으로 가셔서 검사받고 치료하셔야 됩니다.' 하지만 환자는 택시를 불러 타고 귀가했다. 새벽 4시 앰뷸런스가 와서 보니, 어젯밤의 환자가 DOA(Dead on arrival, 도착 시 이미 사망)로 다시 왔다.

진영은 시골이라 농약을 먹고 자살을 시도하는 사람, 다량의 약물을 먹고 의식 없이 실려 오는 환자가 많다. 그런 날이면 밤새도록 일을 해야 한다. 위장관 관을 코를 통해 삽입하고 수 리터의 가스트릭 일리게이션(Gastric irrigation, 위장 관개, 식염수로 위를 씻는 것)을 실시했다. 환자도 괴롭지만, 우리도 힘들다. 그래도 죽어 나가는 경우는 별로 없다.

창원 H병원의 병원장은 2개의 병원만 운영하는 것이 아니고 창원의 북면에는 큰 감나무 농장과 창고, 사슴 농장을 운영하고 있었다. 상당한 부자라서 지역의 유지로 행사하고, 혹시나 생길 의료 사고 등에 대비하여 관공서와의 교류도 활발했다. 소문에는 철마다 지역 검사, 경찰 등과 사슴 농장에서 사슴피로 만찬을 한다는 이야기도 들렸다. 한 번은 설 선물로 큰 아이스박스가 도착해서 채 교수가 '열어 보아라' 하기에 열었다. 그곳엔 징그러운 커다란 수놈의 성기와 암놈의 음경을 아랫배살과 한 덩어리로 잘라놓은 것이 담겨져 있었다. 해구신은 처음 봤다. 레지던트의 파견을 지속적으로 운영하기 위해서 준 선물일 것이었다.

창원에서 당직하던 어느 날, 마취과로 연락이 왔다. 정형외과 의사이기도 한 병원장이 직접 다리가 부러진 사슴을 수술할 것인데 마취를 하라는 것이었다. 며칠 전부터 병원 옆 신축건물의 터파기 공사가 시작되자, 수술실로 공사장 흙먼지가 유입되지 않게 내, 외벽을 커다란 비닐로 수 겹으로 감느라 직원들이 며칠 동안 고생하는 것을 본 적이 있다. 나는 마취를 거부했고, 동물병원을 이용하라고 했다. 결국, 일요일 간호사와 직원을 시켜 준비하고, 자신이 국소마취제로 수술했다고 했다. 사슴피와 고기를 먹더니 사람과 사슴을 동일하게 생각하나보다.

 진영 H병원은 정신과를 운영하고 있다. 정신과 의사 2명이 있고, 병원 6, 7층은 정신과 병동이다. 야간에 환자가 아프다고 해서 철장을 열고 폐쇄병동으로 치료사와 함께 들어갔다. 나는 소스라치게 놀랐다. 가운데 복도를 두고 양옆으로 병실이 있는데 환자들이 침대도 없이 가지런하게 붙어 누워있거나, 앉아있었다. 교도소보다 공간대비 인원이 협소한 듯했다. 대부분이 노인들이고 누워있는 상태였다. 6, 7층 족히 500명은 되겠다 싶다. 일반 병동은 한 층에 50명 정도이니 밀집도가 5배 정도 높은 것이었다. 놀라웠다. '어디서 이렇게 많은 환자를 모았을까? 소문처럼 정말 돈을 주고 사오는 것일까?' 인권유린의 현장을 본 기분이었다. '이렇게 돈을 벌어 사슴피를 먹는 거구나.'

 2년 차가 되면 특수마취로 분류되는 흉부외과, 신경외과 마취를 배운다. 흉부외과는 폐 수술과 심장 수술이고, 신경외과는 뇌종양, 뇌동맥류 수술로 마취가 위험하고, 정교함을 필요로 한다.

 우리 병원은 소아 심장 수술의 팀이 잘 만들어져 있어 전국에서 가장 많은 소아 심장 수술을 했다. 700g의 갓 태어난 아기의 복잡한 심장 수술을 해본 경험도 있어, 부산 경남 일대의 대부분의 심장 결손 소아의 수술을 독차지했다.
 아무리 흉부외과 팀의 실력이 뛰어나도 소아 심

장 마취과 의사의 실력이 지원되지 못하면 불가능하다. 마취과는 과장인 진교수가 주도하고, 가끔 정교수가 참여했다. 레지던트는 주로 2, 3, 4년 차다. 인공 삽관 후 인공호흡기로 흡입 마취제가 들어가고 있는 상태에서 바이탈이 안정되면 이때 비로소 마취과 의사의 진면목이 나온다. 교수, 레지던트 할 것 없이 모여들어서, 작은 아기를 가운데 눕혀 놓고 한 사람은 머리 위에서, 한 사람은 오른팔, 한 사람은 왼팔, 한 사람은 다리 쪽에서 센트럴 라인, A 라인(Arterial line, 동맥관)을 잡았다. 한사람이라도 성공해야 수술이 시작될 수가 있다. 한 시간을 지나도 성공하지 못하면 흉부외과 의사가 피부를 가르고 혈관을 박리하는 수술을 하고서야 본격적인 수술이 시작된다. 혈관을 확보하지 못하면 수술이 불가능한 것은 당연한 이치다. 혈관을 통해 수액을 공급하고, 필요한 약물을 주입하며, 마취를 거는 것도, 깨우는 것도 가능하다. 수술에서 혈관 확보 없이 할 수 있는 것은 아무것도 없다. 마취과 의사가 가장 잘해야 하는 것 중의 하나가 혈관 확보다.

흉부외과의 폐 수술을 위한 마취를 하는 경우에는 특별한 이 튜브가 필요하다. 바이폴라 이튜브(Bipolar E tube, 이중구조 기관지 튜브)이다. 바이폴라는 오른쪽과 왼쪽을 구분해서 한쪽을 막고 인공호흡기가 공기와 마취제 등을 공급할 수 있도록 만들어져 있다. 만일 오른쪽 폐절제술을 한다면 오른쪽 튜브를 막고, 왼쪽 튜브로만 호흡하게 한다. 마취과 의사는 튜브를 입을 거쳐 기관지로 넣고는 청진을 하며 오른쪽을 막고 백잉(Bagging)을 해서 소리가 안 들리고 왼쪽이 들리면 삽관에 성공한 것이다. 수술이 진행되고 폐에 접근하면 흉부외과 의사가 '원렁(One Lung, 한쪽 폐) 부탁합니다.' 하면 한쪽 튜브를 막고 마취를 진행한다. 그러면 폐는 공기가 들어가지 않기에 쭈그려 들고 조작이 쉬워진다. 수술을 마칠 즈음엔 다시 '투렁(Two Lung, 양쪽 폐) 부탁합니다.' 하면 막은 튜브를 풀고, 가슴에 식염수을 넣어 폐를 담궈서 공기가 새어 나오는지, 펑크 난 타이어의 구멍을 찾듯이 아직 봉합이 덜된 부분을 찾는다.

신경외과는 아뉴리즘(Cerebral aneurysm, 대뇌 동맥류)을 제거하기 위한 수술의 마취가 정교함이 필요하다. 아뉴리즘은 뇌동맥이 가지를 치는 부근에서 잘 발생하는데, 고혈압 등의 원인으로 혈관 벽이 손상되고 얇아져서 마치 혈관 벽이 풍선처럼 부풀어 오른 질환이다. 환자는 두통을 호소하게 되고, 터지기 전에 혹은, 터지자마자 응급으로 수술을 해야 한다. 이들 환자들은 고혈압을 가지고 있기에 마취 중에 혈압이 급상승하게 되면 수술 전에 아뉴리즘 럽쳐가 일어나 상당히 위험해 질 수 있다. 마취를 할 때 환자에게 산소만 나오는 마스크를 씌우고, 큰 호흡을 하게 하면서 정맥으로 정맥 마취제(수면제가 대부분이다.)를 투여하는 과정을 인덕션(Induction, 마취유도)이라고 한다. 이때 필요한 정맥 마취제는 그 성질이, 빠른 시간 내에 수면을 유도하고 바이탈을 심하게 흔들리지 않게 하는 것이 좋은 것이다. 이런 환자의 수술 전에는 통상 오랜 시간 동안 작용하는 몰핀을 마취유도의 보조제로 사용하거나, 급한 혈압의 상승이 일어날 것이 예상

되면 합성 마취제인 펜타닐(Fentanyl)을 사용한다. 작용 시간이 빠르고 짧다.

 자 그러면 아뉴리즘을 제거하기 위한 마취를 시작한다. 환자는 테이블에 누웠다. 마스크로 산소를 주입하며 호흡을 크게 쉬게 한다. '몰핀 주세요.' 어시시트 하는 마취 간호사가 IV 쓰리웨이(Intra-venous three way, 정맥세갈래관)를 틀어 몰핀 원앰플(One Ample, 약물 1병)을 주입한다. 이제 인덕션을 시작한다. '치오펜탈(Thiopental Sodium, 정맥마취제) 100mg 주세요.' 체중의 딱 두 배다. 치오펜탈은 이제껏 개발된 가장 빠른 수면유도제이고, 혈압과 심박동수를 떨어뜨려 기관내 삽관 시 급격한 바이탈의 상승을 막아주는 효과도 있다. 환자가 눈을 감는다. '환자분 눈 떠보세요' 반응이 없다. 석시(Succinylcholine, 순간적으로 작용하는 근육이완제)가 들어가고, 금방 환자의 몸에 경련이 일어난다. 왼손으로 라린고(Laryngoscope, 기관지경)를 받아서 오른손으로 이빨 사이를 벌려 라린고를 집어넣고 왼손의 라린고로 보칼 코드를 들어 올린다. '튜브'하면서 간호사로부터 오른손으로 튜브를 받아 잡고 보칼 코드 사이로 적당한 깊이로 집어넣는다. 튜브를 간호사에게 맡기고, 백을 잡아 백잉을 하며 양 가슴을 청진해서 튜브가 적당한 깊이로 들어갔음을 확인한다. 간호사가 공기를 주입하는 발루닝(Balluning, 기관지 튜브의 끝에 달달 공기주머니에 적당량의 공기를 넣어 기관지 튜브가 고정되게 하는 것)을 하고 인공호흡기의 서클과 튜브가 연결되면, 내가 튜브에서 손을 떼 백잉을 하며 환자를 호흡시키는 사이 간호사는 튜브를 고정한다. 2리터로 산소를 낮추고, 2리터의 이산화질소를 올린다. 가끔 공기도 쓴다. 이때 간호사는 작용 시간이 긴 근육이완제를 투여한다. 흡입 마취제를 4 맥(Mac, 흡입 마취제의 농도 단위) 정도로 올려 환자의 마취 심도를 높여서, 기관삽관으로 인한 기관지의 자극으로 생길 수 있는 다른 바이탈의 상승을 막는다. 모니터로 시선이 가고 바이탈이 안정되었음을 확인하고는 인공호흡기를 자동으로 돌린다. 수술이 시작되어 아뉴리즘이 두개골 속에서 나타날 때까지는 메인터넌스(Maintenance, 마취 유지)만 하면 된다. 가끔 근육이완제를 주면서. 아뉴리즘이 보이면 오퍼레이터(Operator, 수술자)를 돕기 위해 마취의 심도를 깊게 만들어 혈압을 100Hg 이하로 만들어 준다. 그러면 팽팽하던 아뉴리즘이 조금 쪼그라들면서 좀 더 쉽게 클리핑(Clipping)을 할 수 있다. 클리핑이 끝나면 오퍼레이터는 나에게 '김선생, 고마워' 한다. 이것이 예의다. 환자는 수술을 마치고 안전하게 마취를 깬 뒤 중환자실로 갈 것이다. 이때 마지막 주의가 필요하다. 혈압의 상승을 막기 위해 의식은 깨우지 않은 채 호흡만 정상으로 돌려놓아야 한다. 인공 삽관은 당분간 유지될 것이다. 인공 삽관을 제거하고 의식을 깨우는 과정에서 혈압이 크게 상승하면, 클리핑을 한 부위가 터질 수도 있다. 아마도 신경외과에서 바이탈이 안정되게 유지되면 오후 늦게나 내일, 자기네가 알아서 튜브를 제거할 것이다. 마취과 의사의 임무는 여기서 끝난다.

신경외과 수술 중 일반 수술의 마취와 다른 것이 피추이터리 그랜드 아데노마(Pituitary Gland Adenoma, 뇌하수체종양)를 제거하기 위해 시행하는 TSA(Trans-sphenoidal approach, 나비굴 경유수술)이다.

스페노이드는 스컬 베이스(Skull Base, 두골기저부)의 나비 모양의 뼈를 말하고, 코의 구멍을 통해 스페노이드로 내시경을 넣어서 뇌하수체의 종양을 제거하는 수술이다. 환자의 자세는 마취 뒤 45도 각도로 앉혀진 상태에서 수술을 하는데, 이때 마취는 환자의 의식상태를 오퍼레이터가 수시로 확인할 수 있도록 아뉴리즘의 마취와 달리 호흡은 인공호흡으로 유지되지만, 의식은 환자가 약한 상태로 반응할 수 있도록 하는 마취의 유지가 필요하다. 이를 위해서 마취과 의사는 케타민(Ketamine)이라는 정맥 마취제와 통증을 줄여주는 펜타닐이라는 마약을 사용한다.

낮의 일과 시간 중에 일반외과에서 응급이 들어왔다. 이전의 아페 수술 후 생긴 인테스티날 옵스트럭션(Intestinal Obstruction, 장폐색)으로 어드헤시오(Adhesiolysis, 박리술)을 해야 되는데, 환자는 셉시스(Sepsis, 폐혈증)로 인한 쇼크 상태라고 했다. 오후라 비어있는 수술실로 바로 올리라고 했다. 환자는 8

번 수술실로 급하게 이송되었고, 나는 간호사와 함께 준비를 하고 산소를 투여했다. 혈압이 60을 넘지 못했다. 어쩔 수 없었다. 약한 마취로 시작해서 바이탈을 상승시키며 가야 했다. 수액을 풀(full)로 틀고 어느 정도 안정이 유지되게 조금 기다렸다. 일단 혈관을 물로 채워야했다. 인덕션은 소량의 미다졸람(Midazolam, 급격한 BP의 감소가 없는 정맥 마취제)으로 수면을 유도하고 인공 삽관을 했다. 센트럴 라인을 잡고, GS에서 소독하고 포를 덮는 동안 이제 환자의 팔로 가서 A라인을 잡을 준비를 했다. 막 GS에서 메스로 배를 가르는 순간 삐 소리가 모니터에서 났다. 어레스트였다. 나는 GS에게 심장 마사지를 하라고 시키고, 에피 원앰플을 투여하며, 주변에 있는 마취과 의사들을 응급으로 콜 했다. 대여섯 명의 의사들이 나타나 심장 마사지를 하고, A라인을 잡고, 환자의 상태를 감시하고, 약물을 투여하기를 30분. 환자는 어느 정도 안정이 되는 듯했으나, 저혈압과 고혈압이 반복되었다. 도파민(Dopamine, 심장 강화제)을 투여하기 시작하고 어느 정도의 시간이 흘러 바이탈이 안정되자, 겨우 수술을 마친 채 환자는 중환자실로 갔다. 인공호흡과 도파민 투여를 지속했다. 환자는 깨어나지 않았다. 코마(Coma, 의식이 없는 상태)가 된 것이었다. 6개월간 중환자실에 있다가 사망하고, 경찰에 의료사고로 신고 되었다. 며칠 뒤 경찰이 사고조사를 위해 마취과로 왔다. 나를 부르지 않고 내 파트너 이선생을 불렀다. 알고 보니 그날의 수술이 중요한 것이 아니었다. 이전의 아페수술이 중요했던 것이다. 수술 후 일주일 뒤 환자가 배가 아파서 왔으나, GS에서는 장폐색을 발견하지 못하고 환자를 귀가시켜 이런 사단이 났다.

이번 일에 웃지 못할 또 한 인간의 인간성이 드러났다. 수술 당시 어레스트가 발생하자 GS 이교수가 나를 쳐다보며 말했다.

"나는 피부만 칼로 그었어요!"

산부인과에서 응급수술은 분만 중에 생긴 아토니(Utrine atony, 자궁근 무력증)이다. 분만 시 신생아가 나오면 자궁은 자동적으로 자궁근육의 수축이 일어나 더 이상의 자궁내 출혈이 일어나지 않는다. 임신 당뇨, 노령 출산 등, 어떤 이유로 분만 후 자궁의 근수축이 일어나지 않는 것이 아토니이다. 환자는 지속적인 출혈로 쉽게 쇼크에 빠지기에 응급으로 배를 가르고 자궁을 드러내야만 환자를 살릴 수 있다.

하루는 내 동기 산부인과 레지가 수술 가운에 잔뜩 피를 묻힌 채 마취과로 왔다. '빈방이 있으니 빨리 내려라', 하고는 준비실에 연락했다. 환자는 쏜살같이 들어왔다. 환자를 안정시키고, 마취를 하기 전에 센트랄 라인을 잡았다. 덱스트로즈(Dextrose fluid, 혈장확장제)와 준비해온 혈액 등을 풀로 틀고 시작했다. 아토니는 속도전이다. 분만실은 수술실과 가까이 있기에 어렵사리 마취와 수술로 환자를 살릴 수 있다. 타 산부인과에서 응급실로 실려온 아토니산모가 문제다. 아토니산모가 온다는 연락이 오면, 두 명의 마취과 의사가 내려가서 대기하고 있다가 도착하면 양쪽에서 센트랄 라인을 잡고 수액과 덱스트로이드를 주면서 수술실로 데려와 수술을 한다. 응급실에 오기까지의 시간이

산모의 생명을 좌지우지한다.

마취 중의 사고는 여러 가지의 원인으로 일어날 수 있다. 산소 공급의 부주의, 잘못된 약물의 투여, 잘못된 신경차단술, 바이탈의 관리 실수, 수술 중 과다 출혈에 대한 대비 부족, 등등.

산부인과에서 응급으로 C-sec이 내려왔다(수술실은 3층, 분만실은 5층이다). 환자는 분만 중 아기가 쉽게 델리버리(Delivery, 출산)가 되지 않아, 교수가 응급으로 결정한 것이다. 산모는 울며, 고함을 지르면서 실려 왔다. 나도 뛰어 들어갔다. 정신이 없었다. 산모가 쉽게 진정이 되지 않았다. 사실, 급할 것은 없었다. 아기가 나오지 못한 것일 뿐 환자만 진정되면 응급이라도 일렉티브(Erective operation, 정규수술)와 별반 다르지 않다. 지속적으로 환자를 진정시키면서 마취를 시작했다. 마취기로 자동 인공호흡을 시키고, '시작하세요', 했다. 이제 메스로 배를 가르고, 피가 흘렀다. '이게 웬일인가?' 피가 검었다. 놀라서 환자의 입술을 보니, 또 검었다. 아차 싶어 마취기를 쳐다봤다. '아', 산소를 켜 놓지 않았다.

순간적으로 산소를 높여 주었다. 1분도 안되어 환자의 피부색과 입술의 색이 돌아오고, 나는 이산화질소와 산소를 1대1로 틀었다. 다행히 수술팀은 전혀 알아차리지 못했다. 마취과 간호사와 나는 함께 미소를 지었다.

 환자가 울어 대고 소리치는 바람에, 진정시키느라 마스크를 산소도 틀지 않고 대고 있었던 것이다. 울면서 과호흡된 환자의 폐에는 한동안 제대로 산소가 공급되지 못했다. 이것이 아스픽시아(Asphyxia, 질식)다. 무의식중에도 자동으로 손이 움직이는 숙련된 상태까지 내가 이르지 못한 것이었다.

 마취과는 의사와 간호사가 종일 함께 일한다. 서로를 위해 주기도 하지만 다툴 때도 많다. 문제는 먹는 것으로 항상 시작되었다. 교대로 식사를 해야 하는데, 마취과 의사는 식당에서 밥이 올라오니 짧은 시간에 식사를 마치고 교대할 수 있었다. 마취과 간호사는 그렇지 않았다. 수술복을 간호복으로 갈아입고 식당을 가야했다. 어쩌면 우리보다 불편할 수도, 좋을 수도 있다. 병원 밖 시원한 공기

속에서 커피 한잔을 하고 올 수도 있으니까. 대부분의 간호사가 우리와의 교대를 위해 빨리 식사를 마치고 오지만 그렇지 않거나, 못할 때가 있었다. 이 문제로 마취과 의사와 다투는 날이 있는데, 오늘이 그날이었다.

 의국에 가서 할 일이 있는데 내가 교대하고 식사를 보낸 장간호사가 좀처럼 오지 않았다. 장간호사가 나타나자 나는 짜증을 냈다. 장간호사가 울먹였다. 뭔가 이유를 대려는데 내가 '몰라요' 하고 나가 버린 것이었다. 수술을 마치고 환자를 회복실로 보내고, 사무실에서 담배 한 대를 피우고 있으니 장간호사가 왔다. 환자의 심전도에서 PVC(Premature ventricular contraction, 심실조기수축)가 나타난다고 했다. 나는 뽀로퉁한 얼굴로 말도 없이 회복실로 가서 모니터에서 PVC를 확인했다. 별로 상냥하지 못하게 '리도카인(Lidocane, 국소마취제) 1cc 주세요' 했다. 장간호사가 냉장고에서 약을 꺼내 주사기로 담아 환자에게 주사했다. 금방 PVC는 사라졌다. 그런데 환자가 숨을 쉬지 않더니, 몸에 경련이 일어났다. 순간적으로 말했다. '뭐를 준거요?' 장간호사가 놀라서 뛰어가 냉장고를 확인하더니 약을 가지고 왔다. 석시(Succinylcholine, 근육이완제)를 준 것이다. 병 모양이 비슷한 약물들이다. 내가 웃으며 마스크를 씌우고, 환자 턱을 위로 들며 말했다. '내가 미워서 일부러 그랬재!' 장간호사도 웃고 나도 웃었다. 저절로 화해가 이루어지고 우리는 더욱 친해졌다.

 정형외과에서 팔과 다리 등, 사지를 수술할 경우엔 블록(Neural Block, 신경차단술)으로 마취를 한다. 팔과 어깨는 BPB(Brachial plexus block, 상완신경총차단술), 골반과 다리는 에피두랄(Epidural blockade, 경막외강신경차단술), 혹은 스파이날(Subarachnoidal blockade, 지주막하신경차단술)이 주로 사용된다. 모두 리도카인, 부피바카인(Bupivacaine), 테트라카인(Tetracaine) 등의 국소마취제를 사용한다. 국소마취제가 혈관으로 혹은 CSF(Cerebrospinal fluid, 뇌척수액)를 통해 다량이 뇌로 유입되면 세리브로 메둘라(Cerebro-Medulla, 대뇌연수)의 기능이 잠시 상실되어 의식이 없어지고 호흡도 마비된다.

 OS(Orthopedic surgery, 정형외과)에서 일렉티브로 콜레

(Colle's fracture, 손목의 요골골절)수술을 하게 되었다. 나는 BPB를 선택했다. 부피바카인 20cc와 니들이 달린 관을 준비했다. 환자를 수술대 위에 누이고 블록을 시작했다. 나는 환자의 오른팔 위로 가서 환자의 목을 반대 방향으로 돌리게 하고는 우측 목에서 앞쪽과 중간의 사각근(Anterior and middle scalene muscle, 목의 옆쪽에 붙은 사각근들)사이의 구루브(groove, 목의 전사각근과 중사각근 사이의 골)를 왼손가락으로 찾아 고정을 시키고 니들로 접근했다. '환자분 손이나 어깨에 찌릿한 전기 신호가 오면 말씀하세요' 하며 조금씩 안으로 니들을 밀었다. '예, 팔이 찌리합니다.' 나는 그곳에서 니들을 멈추고 간호사에게 말했다. '아스피레이션(Aspiration, 흡입, 주사기를 뒤로 당김)해 보세요' 간호사가 실린지를 오른손으로 뒤로 댕겼다. 피가 나오지 않았다. 혈관을 잘 피해 들어갔다고 판단되었다. 나는 오른손으로 니들을 고정하고 간호사는 부피바카인을 조금씩 밀어 넣었다. 5분 정도 기다리고 환자가 수술 부위의 감각이 사라지기 시작하면 OS는 드랩을 시작할 것이었다. 그때 환자가 잠이 든 듯하더니 숨을 쉬지 않았

다. 다행히 혈압은 정상이었다. 비록 아스피레이션에서는 피가 나오지 않았지만 부피바카인이 혈관 내로 다량 흡수되어 뇌로 간 것이었다. 어쩔 수 없었다. 환자는 문제없겠지만 마취를 바꿔 인공호흡기를 달아야 했다. 제너랄(General ansthesia, 전신마취)로 바꿨다. 부피바카인은 국소마취제 중 작용 시간이 가장 길어 3시간 이상 작용한다. 수술이 끝나도 환자는 호흡과 의식이 돌아오기까지 이 자리에 누워있어야 했다.

고관절의 토탈힙(Total hip replacement, 고관절전치환술)은 인공관절을 넣는 수술로 서너 시간이 소요된다. 이 수술을 위해서는 부피바카인을 이용해서 에피두랄블록을 한다. 환자를 모로 눕힌 상태에서 머리와 무릎을 최대한 가슴으로 모으고 마취과 의사는 장갑을 낀 채 환자의 등의 요추부에서 앉아서 소독을 하고 구멍이 있는 수술포를 덮는다. 에피두랄용 니들을 양 손가락으로 잡고 요추 4~5번 사이의 극과 극의 빈 공간(Interspinous space)을 수직으로 찌르며 천천히 밀고 들어간다. 왼손가락은 니들의 허브(Hube, 입구 대가리)를 잡고, 오른손은 공기로 찬 주사기를 살작살작 엄지로 누르며 압을 느끼면서 들어간다. 니들은 피부, 피하지방, 근육막, 인대, 마지막으로 두껍고 딱딱한 황인대(Ligament flavum)를 뚫으면 손가락에 미세한 진동이 느껴지고 실린지 내에 있는 공기가 밀려 들어간다. 이곳이 에피두랄 스페이스(Epidural space, 경막외강)이다. 음압이 일어나며 공기가 들어간 것이다. 에피두랄 스페이스 앞에는 두라(Dura, 경막)가 있고, 그 앞을 서브두랄 스페이스(Subdural space, 경막내강), 아라크노이그(Arachnoid, 지주막), 서브아라크노이달 스페이스(Subarachnoidal space, 지주막하강), CSF로 이어지고 이들 공간과 막은 뇌로 이어진다.

 나는 성공적으로 블록을 끝냈다. 환자의 피부 감각이 배꼽 주위까지 올라오면 수술을 시작해도 될 것이었다. 드랩을 하는 동안 나는 지속적으로 체크를 했다. 환자는 발가락부터 마비가 됐다. 시간이 흐르면서 이것은 무릎, 엉덩이, 아랫배, 배꼽까지 이르렀다. 수술이 시작되었다. 시간이 지나면서 환자의 심박 수가 느려지고, 혈압이 떨어졌다.

점점 심해져서, 나는 먼저 아트로핀(Atropine, 심박 수를 증가시키는 약)을 투여하지만 혈압은 올라가지 않았다. 환자의 피부 검사를 다시 했다. 경추 부위까지 마비가 왔다. 에페드린(Ephedrine, 혈압 상승제)을 지속적으로 주며 혈압을 유지하다 보면 점차 마취의 심도가 경추에서 흉추, 요추로 내려가고 수술이 끝이 날 때쯤에는 마비가 다 회복될 것이었다. 나는 항상 동일한 양의 부피비카인을 쓰지만, 블록이 서브두랄블록이 되어 그 좁은 공간을 타고 급속히 약물이 위로 퍼져 올라간 것이었다.

 2년 차의 세월도 막바지로 다가간다. 나는 매일 출퇴근을 하며 행복하게 살고 있다. 드디어 12월이다. 나는 1년 차가 되면서 대학원 의학석사 과정에 입학했고, 내년에 졸업이다. 졸업 논문도 통과했다. 의국에 나와 같이 석사졸업을 하는 레지가 4명이었다. 3년차 양, 2년차 김, 예, 그리고 나. 박사과정 시험 일자가 정해지자 정교수가 우리 모두에게 지원을 하라고 했다. 나는 아직 시간적 여유가 있으니 내년에 하겠다고 했다. 정교수는 외과계에 티오가 두 개밖에 없어서, 최소한 우리 과에 한 개라도 가져오기 위해서는 많은 사람이 지원해야 하니 나보고도 꼭 지원을 하란다. 나도 지원을 했다.

 시험 치기 전날 각과 교수들의 문제가 의국에 도착했다. 일반외과, 내과, 마취과 등등 시험에 응시하는 학생이 있는 각 과에서 교수들이 한 문제씩 제출하고, 그 과의 학생들이 답을 달아서 왔다. 우리도 우리 과 문제에 답을 달아서 보냈다. 저녁을 먹고 늦은 밤, 하단에 있는 남태평양 호텔에 모였다. 방을 잡고 밤새 답을 외웠다. 나는 2시에 잠이 들었다. 깨어 보니 양, 김, 예가 벌써 일어나 문제를 외우고 있었다. 9시, 다 같이 모여 전공문제와 영어문제의 시험을 치르고 병원으로 갔다. 다음날 마취과 문제를 채점하고 온 진교수가 말했다. '답을 외우고도 제대로 못 쓴 건지, 안 쓴 건지'.

일주일 후에 정교수가 우리 네 명을 불렀다.

"오늘 박사과정 입학시험 결과가 나왔다. 우리

과에서 한 명이 합격했다. 누구이든 간에 다들 수긍을 해야 된다."

"예."

함께 대답했다.

"민수가 붙었다."

나는 놀라서 머리를 끄적이고, 다들 축하한다고 말했다. 진교수가 불러 흉부외과 수술실로 갔더니, 수술 중인 흉부외과 교수들에게 자랑을 했다.

"이 친구가 학교는 꼴찌로 졸업을 하더니 혼자 박사에 붙었어요."

"김 선생 축하한다."

4부

정의와 권력다툼

– 정의로운 사회

'정의正義'의 사전적인 의미는 이성적 존재인 인간이 어디서나 추구하고자 하는 바르고 곧은 것을 말한다. 정의의 개념은 다양하여 학자에 따라 다르게 정의定義된다. 소크라테스는 '인간의 선한 본성'을 말하고, 아리스토텔레스는 '정의의 본질은 평등, 평균적 정의와 배분적인 정의'로 구분하였으며, 로마의 울피아누스는 '각자에게 그의 몫을 돌리려는 항구적인 의지'라고 규정하였다. 현대 철학자인 롤스는 두 가지의 정의에 관한 원칙을 말한다.

제1의 원칙으로 모든 사람이 다른 사람의 자유와 양립할 수 있는 한에서 가장 광범위한 자유에 대하여 동등한 권리를 가져야 한다.
제2의 원칙은 사회적, 경제적 불평등은 다음 두 조건을 만족시키도록 배정되어야 한다. 첫째 최소 수혜자에게 최대의 이익이 되고, 둘째 공정한 기회 균등의 조건에서 모두에게 개방된 직위와 직책이 결부되도록 하여야 한다.

롤스의 정의에 대한 해석이 아리스토텔레스, 울피아누스

의 그것과 가깝다. 진정한 자유와 평등, 그리고 공평한 기회의 부여가 철학자들이 말하는 정의일 것이다. 소크라테스가 말한 정의는 칸트가 말한 정正이란 '자기 스스로의 능력과 판단에 올바른 제약을 가하는 것'이고, 중용中庸에서의 '불구어인不求於人', 나 홀로 짊어지고 타인에게서 구하지 않는다는 인간이 가져야 하는 본질을 말하는 것일 것이다. 하느님, 신은 타자他者다. 타자에게 기대지 말고 홀로 가라는 것이다. 인간과 인간이 본연의 정의를 가지고 사회를 구성하고, 정치를 한다면 소크라테스와 롤스의 정의가 합치되지 않을까?

- 인간의 사회

정치는 권력이다. 인간이 집단을 구성하고 살아가며, 권력 구조를 만들어 누군가가 최고의 권력을 쥐게 되는 것은 동물의 근성이 잠재되어있는 것이다. 집단의 우두머리가 되고, 암놈을 독차지하고, 영역을 지배하려는. 인간의 사회는 가정에서부터 직장, 지역, 나라에 이르기까지 우두머리가 존재한다. 자신의 힘을 과시하기도 하고, 경쟁자를 제거하거나 자신 아래 두고자 투쟁한다. 그 속에서 조직 내 권력다툼이 일어나고, 승자와 패자가 가려진다. 권력다툼은 정의로울 수도 정의롭지 않을 수도 있다. 대부분은 정의롭지 않은 방향으로 흘러간다. 패자는 자신이 하고 싶은 것, 자신이 할 수 있는 것에 대한 기회를 빼앗기고 상실하기 때문이다. 집단은 패자가 된 사람을 따돌린다. 결국, 패자는 그 집단을 떠나야 한다. 조지 오웰의 '동물 농장'처럼.

2000년대 초반이라고 기억된다. 미국에서 살다가 가수가 되어 한국에 데뷔한 청년 가수가 있었다. 한국말이 서툴러서 자신의 의사를 대변하기 힘들었고, 직접 작사, 작곡한 음악은 그 가사가 단편적이고, 영어로 랩을 했다. 의상은 한국인이 보기에 너무 유니크(Unique)했다. 그의 노래와 의상과 말투는 언론으로부터 비판을 받았고, 그는 한국을 떠나야 했다. 20대 초반이었다. 대중은 다름을 인정하지 못했고, 보기 싫고, 듣기 싫다고 '우리와는 틀려'라고 했다. 십 수 년이 흘러 다시 돌아온 그는 찬사를 받는 대중적 가수가 되어 있었다. 지금 시대의 젊은이들이 그 시대의 젊은이를 이해하고 불러들인 것이다. 당시 시대를 앞섰던 그는 사회의 따돌림 속에서 패자였으나, 이제는 승자가 되었다. 영원한 패자도 영원한 승자도 없는 사회다.

- 인간사회의 암투

 수백 명의 의사가 근무하는 대학병원에도 권력다툼, 아니 암투가 있을 수밖에 없다. 대표적인 우두머리인 병원장과 학장이 누가 되는지에 따라 과장과 주임교수가 바뀐다. 자기 사람, 자기 말 잘 듣는 사람이 좋은 것은 인지상정이다. 그로 인해 단위 조직, 과의 운명이 바뀔 수도, 틀린 방향으로 갈 수도 있음을 알지 못한다면, 진정한 우두머리가 아니다. 과 내에서도 마찬가지다. 주임교수는 교수의 티오를, 과장은 펠로우의 티오를 쥐고 쉽게 움직이지 않는다. 자기 사람이 나타날 때까지 쥐고 기다린다. 일하는 사람들은 힘들어하는데. 정의라고 말하는 사람에게는 정의가 없다. 정의는 자신의 행동에 대한 핑계에 불과하다. 정의로운 사람은 정의를 말하지 않는다.

 코로나 19로 우리나라 의료 환경에 많은 허점이 드러나고 있다. K-방역이라고 자랑을 하지만 의사가, 의료진이 잘 해서 이루어진 것이 아니다. 정부가 올바르게 끌고 가고, 국민이 따라가면서 만들어진 것이다. 정부는 전문인력이 부족하다고 말한다. 감염병 전문가, 역학 전문가, 중환자 담당 간호사. 감염병 전문병원을 만들고 전문의사를 양성하자고 한다. 비대면 진료도 하자고 한다. 의사와 의사 단체는 양손으로 손사래를 치며 반대한다. 의사 수는 충분하다. 과별, 지역별 배분의 문제라는 것이다. 지금도 환자들은 가고 싶으면 언제든, 어디든 병원에 가서 의사를 만나고 진료를 볼 수 있는데 뭐가 부족한 것이냐며 항변한다. 환자가 마음대로 병원을 갈 수 있는 것은 의사 수가 많아서가 아니라 의료보험제도 때문이고, 과와 지역 배분의 문제가 생기는 것은 의사의 공급이 부족해서이다. 수요와 공급의 원칙에 따라 급여가 올라가니 지역에서 많은 급여를 주어도 움직이지 않는 것이고, 어느 과를 선택해도 먹고 살고도 남아도는 급여 때문이다. 충분한 돈을 벌 수 있는데, 힘든 과를 선택하고, 시골에 내려가려는 의사가 있겠는가? 정의롭지 않은 너무나 이기적인 의사와 그 집단이다.

해가 또 바뀌고 나는 3년 차가 되었다. 미국에서 연수하고 돌아온 이교수로 인해 과는 격동의 시절을 맞이하게 되었다. '권력다툼.'

3년 차 초인 3월에 둘째 아기가 태어났다. 아들이다. 아내는 만삭이 되고, 진통이 심해져 출산을 위해 산부인과에 입원했다. 주치의는 첫째와 같은 황교수다. 내가 직접 아내의 무통분만을 위한 신경차단술을 했다. 아내의 배는 다른 산모들보다 유난히 불러서 어려울 것 같았다. 무통분만에는 에피두랄을 실시한다. 수술을 위한 에피두랄과 방법과 부피바카인을 쓰는 것이 동일하다. 단지 수술을 위한 에피두랄에 비해 산모의 배가 불러 있는 상태라 복압이 쉽게 올라가고, 허리가 굽혀지지 않아 니들의 접근이 좀 어렵다. 복압이 올라가면 부피바카인의 퍼지는 속도나 범위가 늘어나기에 약물의 량을 조절하기도 어렵다. 나는 다른 산모에게 하던 블록과 같이 별로 어렵지 않게 에피두랄을 마쳤다. 블록이 어디까지 올라왔는지 피부 테스트를 하는데 명치정도에서 멈춰야 하는데 젖가슴까지 불록이 되었다. 아내의 혈압이 떨어지고, 아기의 심장박동수가 떨어지기 시작했다. 산부인과에서 난리가 났다. 레지와 황교수는 응급 C-sec을 준비하느라 바쁘다. 나는 급히 마취과에 연락을 해서 아트로핀과 에페드린을 가져와 혈관으로 투여했다. 잠시 후 아기와 아내의 심박수와 혈압은 정상으로 돌아왔다. 산부인과 식구들은 안도의 한숨을 내쉬었다. 황교수가 화를 냈다.

"김민수, 너, 우리를 또 이렇게 놀라게 할거야?
너 첫째 출산할 때는 여행간다고 지키고 있지도 않더니, 이제는 무통으로 나를 괴롭혀?"

"죄송합니더 교수님, 아내의 키가 좀 커서 부피 바카인의 양을 평소대로 썼더니 블록이 많이 올라가서 그렇게 되었습니더. 죄송합니더."

"너 아기가 나올 때까지 분만실 떠나지 말고 벌서듯이 지켜보고 있어. 꼼짝 말고."

나도 애초에 둘째가 나올 때까지 움직일 생각은 없었다. 아기는 남자애로 건강하고, 2.5kg의 몸을 갖고 태어났다. 내가 실수한 것은 아내의 키만 고려했지 다른 산모에 비해 아기가 크고 배가 유독 불렀다는 것을 고려하지 못한 것이다. 약물의 용

량을 조금만 더 세밀하게 조절했다면 이런 실수를 피할 수 있었을 것이었다. 아내에게도 미안했다.

 1년 차 두 명이 새로 들어왔다. 정은 내 후배이고, 황은 내 입학 동기다. 인턴을 마치고 제주도에서 3년간 공중보건의로 근무한 넌킴(Non-kim)이다. 킴(Kim)은 레지던트를 마치고 군대를 갈 의사, 넌킴은 군대 혹은 공보의를 마치고 레지던트를 하는 의사를 말한다. 이 둘의 나이가 세 살 차이가 나는 이유이다. 정은 학창 시절부터 나를 무척 좋아하고 따른 친구다. 성실하고 착하고, 열심이지만 보는 이에 따라서는 나사가 빠진 느낌일 수도 있다. 착한 사람들은 의례 그런 선입견을 받는다. 황은 말도 고분고분하게 하고 자기의 의사를 일절 표현하지 않는다. 행동으로 표시를 한다. 하기 싫은 일은 말없이 게으르고, 자신에게 득이 되는 일이나 윗선에 표시가 나는 일은 빨리 해치운다. 당연히 교수나 높은 년 차의 레지들에게는 일 잘하고 훌륭하다고 칭찬을 받는다. 그래서 정이 고생을 많이 하는 것이 눈에 보이지만 정은 그런 것을 모른다.

이교수는 S대 출신이다. 트레이닝은 S대에서 받고 부산 출신이라 부모가 계신 부산에서 취직을 하며 B대학에서 박사학위를 받았다. 당시 B대학의 주임교수로부터 신임을 얻어 우리 학교가 생기면서 주임교수의 추천을 받아 우리 학교의 마취과 초대주임교수 및 과장으로 부임하였다. 진교수와 채교수를 교수로 임용시킨 사람도 이교수다. 이 두 교수보다 1년 빨리 임용되었다. 이교수가 임용될 당시 원장은 S대 출신이, 학장은 B대 출신이 맡고 있었다. 물론 마취과 교수가 혼자이기에 가능했지만 여러 명이 있는 과도 선임자가 겸임을 하였다. 지금도 그때의 선임 교수가 겸임을 하고 있기도 하다. 진교수가 임용이 되자마자 학장은 진교수를 마취과 주임교수 및 교무과장으로 발령을 내렸다. 모두가 놀랐다. 이교수는 납득할 수 없었다. 자기가 마취과 전문의 번호의 순서나, 학번이 2년이나 빠르고, 자기가 임용한 교수가 자기 위에 있게 된 것이다. 권력의 다툼은 시작되었고 의국원들은 하루하루 눈치를 보며 지냈다. 교실과 의국에서의 의사결정은 때때로 충돌이 생겼다. 다행히 2년 전 이교수가 미국으로 1년 반의 기간 동안 연수를 가면서 일단락이 되었고, 진교수는 과장의 자리도 겸임할 수 있게 되었다.

 그런 이교수가 귀국을 한 것이다. 이교수는 출근과 동시에 과장으로 부임되었다. 병원장이 그대로 있었기에 가능했다. 의국에 많은 변화가 일어나기 시작했다. 먼저 한 것이 '마취의 질적인 변화를 만들자.'였다. 느슨했던 레지들의 일상이 바뀌기 시작했고, 불만도 터져 나왔다. 회식을 하면 이교수에 대한 욕들이 터져 나왔다. 하지만 나는 아니었다. 이제야 제대로 된 교육을 받는가 싶었다. 진교수는 하루에 한 번 있는 심장 수술을 할 때만 수술실을 들어가지만, 이교수는 자신이 전담인 신경외과수술 이외에도 하루종일 1번부터 18번까지 수술실을 라운딩하며 관찰하고 레지던트가 없이 인턴 혹은 간호사만 있으면 그 방 담당 레지를 찾아오게 했다. 공부를 해도 마취기 앞에서 하라는 것이었다. 어찌 레지들이 좋아할 수 있겠는가. 지난 시절이 그리웠을 것이다. 눈에 보이게 마취사고가 줄어들었다. 일은 공평하게 시키고, 당직 마취과 의사도 2명으로 늘렸다. 매일 1년차 한 명과 2, 3년 차 한 명이 당직을 함께 했다. 수술은 1년 차가 다 하니 2, 3년 차는 킵(Keep, 자리를 지키다)만하고 일이 커지면 도와주는 헬퍼로 당직을 하는 셈이다.

 논문의 발표도 늘었다. 뭔가 새로운 것이 보이면 논문의 주제로 삼아서 선생들에게 만들 것을 권유했다. 진교수는 전문의 시험에 필요한 논문이 한 편 이상인데 딱 한편만 쓰게 했다. 그것도 주제는 외국저널을 보고 따왔다. 쓰기 편하게.

 누군가가 실수를 해서 사고가 일어나거나, 사고에 이를 뻔했으면 보고서를 작성하게 했다. 의국 내 컨퍼런스(Conference)를 열어 발표하도록 해서 1년이 지나면 책자로 만들었다. 또다시 같은 실수를 하지 말자는 취지었다. 진교수 체제에서는 상상도 못한 일들이 일어난 것이다. 동물 실험도 시작했다. 자신의 연구실에 실험실을 차려 수시로 드나들며 연구하고, 논문을 발표했다. 중환자실의 인공호흡기 부착 환자들의 호흡관리와 심전도 관리도 마취과로 이관시켰다. 이 전에는 각 과에서 알아서 관리를 했지만 마취과가 집중 관리를 하게 되면서 환자들의 상태를 향상시켰다.

 이교수의 눈은 매섭다. 신경외과 수술을 할 때면 모든 이들이 긴장을 한다. 한 치의 오차나, 실수도 그냥 넘어가지 않는다. 나는 이런 이교수가 진정으로 고마웠다. 이제 진짜 올바른 마취를 배우게 되었다고 생각이 들었다. 사실 이전에는 교수가 따로 레지던트를 직접 교육하는 것은 아침 초독이 고작이었고, 바로 위의 년 차로부터 기술을 습득했다. 나는 이교수를 무척이나 따르고 존경했다. 수술과 중의 교수들은 대부분이 B대학 출신들이 많았다. 당연히 과장과 주임교수 보직으로 갈등을 일삼는 이교수를 싫어했다. 특히 안과 과장은 들어내고 욕을 했다. 이교수가 안과 수술실로 회진을 가면 '나가, 내 수술에 발길질하지 마'하고 소리치곤 했다. 이교수가 잘못한 것도 없는데. 물론 내 마음은 타들어 갔다.

 의국장은 3년 차가 맡는데 6개월간 일한다. 내 위의 년 차는 3명이라, 4년 차 초반 6개월까지 국장을 했다. 나는 3년 차 후반 6개월간 국장을 맡아 일했다. 국장을 하면서 이교수의 실험에 참여하고, 중환자실 회진을 함께 하며, 중환자 관리를 배웠다. 전혀 새로운 배움이었다. 물론 신경외과 마취도 함께했다.

 자이언트 아뉴리즘(Giant Cerebral Aneurysm, 거대 대뇌동맥류)은 드문 질환이다. 아뉴리즘의 크기가 직경 3cm 이상인 경우가 해당된다. 흔히 생기는 것이겠지만, 수술로 이어지기는 쉽지 않을 것이었다. 터져버려 사망하는 경우가 많았다. 우연히 2 케이스(Case)의 자이언트 아뉴리즘의 수술을 2주 간격으로 하게 되었다. 첫 케이스는 이선생이, 두 번째 케이스는 내가 했다. 이교수는 섬세하게 마취를 유도했다. 실행은 내가 하지만 뒤에서 자리를 뜨지 않고 지키며, 내 모습을 관찰하고, 모니터의 변화를, 환자의 변화를 관찰했다. 먼저 흉부외과가 들어와 가슴을 열고 ECC(Extracoporial circulator, 체외심장 순환기)를 환자의 심장과 연결했다. 이 작업이 끝이 나면 신경외과에서 머리를 열고 동맥류를 찾아 드러냈다. ECC를 통해 환자의 체온을 20도가량으로 떨어뜨렸다. 동맥류가 실수로 터지는 등의 상황을 대비해서 뇌 손상을 막기 위해 환자의 대사작용을 줄이자는 것이다. 정상적으로 돌아가던 ECC가 멈춘다. 환자의 피가 흐름을 멈춘 것이다. 그리고는 ECC가 잠시 거꾸로 돌아간다. 심장에서 나온 피가 동맥을 거쳐 조직으로 가서 정맥을 거쳐, 폐를 지나 다시 심장으로 오는 것이 아니라, 정맥을 통해 조직으로 갔다가 동맥을 거쳐 심장으로 가는 것이다. 순간 동맥류가 쭈그러들었다. 풍선이 터진 것처럼. 수술자는 포셉으로 혈관 벽을 들고 동맥류의 목 부분을 클리핑 했다. ECC는 정상의 과정으로 돌아가고 환자의 체온이 36도가 되면서 수술은 끝이 났다. 환자를 마취가 된 상태로 앰부 백잉(Ambu Bagging, 이동용 호흡기)을 하며 중환자실로 이송하여 벤틸레이터(Ventilator, 자동 인공호흡기)를 연결했다. 다음날 오전 중환자실을 방문하니 환자의 셀프(Self respiration, 자발호흡)가 돌아와서 엑스투베이션(Extubation, 발관)을 시행했다. 아직 의식은 돌아오지 않았다. 수술을 담당한 신경외과 교수가 회진을 왔다.

"김선생, 와 의식이 없노?"

"아직 마취가 덜 깬 상태라 곧 돌아올 겁니다."

"니 책임질 수 있나?"

"나도 처음인데예!"

그날 오후 환자의 의식이 돌아왔다. 성공한 것이다. 짐작했지만 이교수는 케이스 리포트(Case report, 사례보고서)를 이선생과 함께 쓰라고 했다. 동시 2건의 보고는 국내 처음이라고도 했다. 며칠 뒤 인근의 고기집에서 축하연이 열렸고, 신경외과 과장교수가 나와 이교수, 흉부외과 교수를 초청했다. 이선생이 빠진 것은 이선생의 케이스는 신경외과 차석 교수가 한 것이기 때문이다. 신경외과 과장과 차석교수는 B대학의 선 후배 간이고, 과장이 차석을 임용하기도 했지만 차석의 욕심이 지나치게 커서, 그리고 과장의 좋지 않은 풍문이 돌아서 서로 인사도 하지 않고 따로 놀았다. 신경외과 선생들도 우리 과만큼 괴로웠다.

술이 몇 순배 돌려지자 신경외과 과장이 나를 불렀다.

"어, 김선생, 니 실력이 대단하다 아이가."

"왜요?"

이교수가 물었다.

"마취도 마취지만 중환자실에서 환자 호흡관리도 잘하고, 환자가 언제 깰지도 알고 있더라니까요. 내가 회진 때 환자가 의식이 없어 이 우짜꼬, CT찍어 봐야 하나 고민하고 있는데 조금 있다가 깰 겁니다, 하는 거 아닙니까. 니 책임질 수 있나? 하고 묻기도 했는데, 진짜로 얼마 지나지 않아 환자의 의식이 돌아온 겁니다."

"아 그래요?"

말로는 칭찬하지 않았지만 이교수는 나를 쳐다보며 미소를 지었다.

이교수는 가급적 레지던트 기간에 한 번 이상의 해외 연수를 보냈다. 나는 네덜란드를 아래 연차 이선생과 10일간 다녀왔다. 내 파트너 이선생은 영국을 다녀오고. 내가 여권을 만드는 과정은 복잡했다. 아직 군 문제가 해결되지 않은 상태라 병원장의 보증서와 부산 시장의 허가서가 있어야 했다. 뭐 여행사에서 다 대행하기는 했지만. 반면에 후배 이선생은 6개월 단기로 군 복무를 마친 상태라 쉬웠다. 여권만 만들면 되니. 당연히 해외여행은 처음이었다.

부산 김해공항에서 직항편을 타고 네덜란드 스키폴 국제공항에 도착하기까지 12시간이 소요되었다. 좁은 좌석이었지만 여객이 다 채워지지 않아 뒤편 좌석에서 누워서 갔다. 담배도 피우면서. 공항에 도착 후 택시를 타고 호텔로 갔다. 택시가 벤즈였다. 그렇다고 안락하지는 않았다. 기사가 어디서 왔느냐고 영어로 물었다. 내가 코리아라고 하니까. 'North or South?' 하고 되묻는다. 놀랐다. 한참을 생각 뒤 'South' 하고 말했다. 나는 한국이 남북으로 나누어져 있지만 90년대의 유럽에서 북이냐, 남이냐를 묻는 것이 신기했다. 나중에 알게 된 사실이지만 유럽으로의 진출은 북한이 남한보다 훨씬 빨랐던 것이다. 즉 남한은 후발 주자였다.

 우리나라 조선호텔, 롯데호텔 같은 곳을 상상했지만 작은 호텔이었다. 엘리베이터는 겨우 서너 사람이 탈 수 있을 정도였고, 카운터의 여자가 아침에 음식도 주고 손님도 맞이한다. 호텔 방에는 햇볕을 가리는 커다란 검은 커튼이 달려 있었다. 봄이지만 위도가 높아 밤 10시가 지나야 해가 진다. 자려면 커튼을 쳐야 했다. 밤에 할 일도 없었다. 저녁 7시면 모든 곳의 셔터가 내려지고 문이 잠겨져 있었다. 술 먹고 싶은데 먹을 곳이 없었다. 나와 이선생은 일찍 잠에 들어야 했다.

 첫날과 다음날이 이곳에서 공휴일이라 우리는 이틀 동안 암스테르담을 돌아보았다. 호텔에서 기차를 타고 두 정거장을 지나면 암스테르담 중앙역이다. 이 부근이 번화가이며 많은 시설들이 집중

되어 있다. 시장도 있고, 섹스 샾과 섹스 박물관이 있다. 모든 건물이 근세에 지어진 것이라 고풍스럽다. 길거리는 로마시대 아피아 가도가 그대로인 듯, 돌길이다. 광장 인근에는 인파가 북적인다. 먼저 섹스 박물관으로 갔다. 조그마한 3층 건물인데 사람들이 줄을 서서 구경하며 올라간다. 중국과 일본의 성과 관련된 그림들이 전시되어 있고 2층으로 올라가니 남자 성기의 모형이 사람 키만큼 큰 것이 놓여져 있었다. 앞에서 여성의 감탄사가 흘러나오는데 한국말이다. '우리 신랑 성기가 이렇게 컸으면 좋겠다.' 우리는 웃었다. 나는 이선생에게 말했다. '내끼 저만하믄 우리 마누라는 벌써 죽었다.'

섹스 샾은 종류가 다양했다. 조그마한 극장에서 남녀가 실제로 성관계를 하는 것을 보여주는 곳이 있는가 하면 유리창을 사이에 두고 여자가 직접 자위행위를 하는 것을 구경하는 곳도 있었다. 이것은 여러 명의 남자가 보지만 독방도 있다. 나와 이선생은 각자의 독방으로 들어갔다. 유리막을 사이로 여자가 들어왔다. 가슴과 엉덩이를 흔들었다. 그렇게 한참을 하더니.

"More?"

했다.

나는

"What?"

"I can show you more. If you want to see that, You must pay to me more money."

"How much?"

"Your partner payed 50 dollars."

'아니, 50달러나?' 하고 놀랬지만 'More'가 뭔지 보고 싶었다. 나도 50달러를 지갑에서 꺼내 그녀에게 유리 너머로 주었다. 여자가 나에게 휴지를 주더니 'do yourself'하고는 가슴과 성기를 내 눈 앞으로 다가와 유리에 비벼 됐다. 나는 사정을 하고, 내 소중한 정자들을 휴지로 닦아내고 나왔다.

이선생이 서 있었다.

"니 뭔줄 알고 50달러나 줏노, 10달러만 해도 될 낀대."

"말이 안 통하니 그냥 머니, 머니 하니 궁금하기도 해서 50달러 줬지예."

"니 섹스해줄까 싶어서 그리 많이 줏재?"

"예."

하루종일 섹스 샵에서 구경을 하고 다시 기차를 타고 호텔로 향했다. 식당이 문을 닫기 전에 저녁을 먹어야 했다. 다행히 중국집이 있었다. 들어가니 손님이 아직 있었다. 란어蘭語로 된 메뉴에는 영어가 없다. 내가 'Noodle'이라고 말하고 주인이 중얼중얼 거리지만 알아듣지 못하니 그냥 갔다. 우동 2그릇을 가져왔다. 색다르고 맛있었다.

다음날 다시 암스텔담으로 갔다. 이제는 시내버스를 타고 박물관 등을 돌아볼 예정이다. 이선생을 시켜 버스티켓을 사오라고 하니 종일 사용권을 비싸게 주고 사왔다. '아참, 이 친구 영어를 못하는데' 싶었다. 내가 티켓을 들고 창구로 갔다. 'Please change this ticket for oneway ticket?' 버스가 오자 타고 안네 프랑크 하우스와 고흐미술관을 구경했다. 저녁은 한식으로 먹고 싶어 전화박스를 찾아가 한식당을 찾았다. 근처에 신라관이 있어 전화를 했다. 사장이 직접 차를 몰고 고흐박물관으로 와서 우리를 태우고 식당으로 갔다. 소불고기는 싸다. 그런데 소주가 한 병에 우리 돈으로 만 원이다. 물 건너왔으니 당연한 것일까?

다음날은 마취기 제조회사에서 가이드가 왔다. 차를 타고 우리는 인근의 대학병원으로 갔다. 마취과에서 마취기를 직접 제안한 마취과 교수가 병원의 수술실을 구경시켜주며 자신이 만든 마취기의 특징을 지루하게 설명했다. '나는 그래도 알아듣는데, 이선생은 얼마나 피곤할까?' 2시간이 흐르고 그는 오늘밤 터키 이스탐불에 강의를 가야 한다고 하고는 사라졌다.

차를 타고 숙소로 가는 길에 평야가 펼쳐지고 풍차가 있고, 소들이 노는 모습이 아름다웠다. 저녁을 함께 먹자고 제안해서 좋다고 했다. 한적한 레스토랑으로 들어갔다. 멋지다. 고풍스럽고 분위기가 은은하다. 샹드레가 천정에 있고 테이블마다에는 예쁜 벽등이 있다. 테이블과 좌석은 뒤로 모자이크로 된 유리로 싸여있다. 앉자 웨이터가 오니 가이드가 우리에는 묻지도 않고 주문을 했다. 그리고는 이제야 물었다.

"Do like cow?"

영국식 발음으로 '코우'하니 우리는 계속 물었다.

"I dont know cow."

"You seed cow at field on the road."

'코우가 아니고 카우로 발음하던지 비프라고 해야지'. 영국식 영어가 오히려 생소하다.

오늘은 소아병원으로 갔다. 오전에 제작회사를

먼저 방문했다. DRAGER라는 회사의 본사는 덴마크에 있지만, 우리에게 소개할 새로운 모델 PHYSIO는 네델란드에서 생산한단다. 드래거는 우리 병원에도 세대가 있다. 대학병원은 트레이닝을 위해 다양한 종류의 마취기를 사용하는 데 그 중의 한 가지가 드래거이고, 새로운 모델은 처음으로 컴퓨터 베이스로 만들어져 작고, 가볍고, 조작이 용이했다. 병원에서 한 번 데모로 구경한 적이 있었다. 회사는 공장이 아니다. 사무실에서 조립만 한다. 전통적인 중국의 3, 3 시스템으로 구성되어 있다고 말한다. 모니터 하나를 가로 세 개, 세로 세 개로 분할하는 것이 보기에 가장 좋단다. 문제가 생기면 어떻게 수리를 하느냐고 물으니, 인터넷 베이스이기에 원격으로 가능하다고 한다. 암스테르담에서 부산으로 바로 연결을 한다는 것이다. 와! 전자기술이 우리보다 무척 앞서 있구나하고 감탄했다. 점심은 사무실에서 바로 먹었다. **빵과 커피, 치즈, 우유, 요구르트 등으로 먹을 만했다.**

소아병원의 수술실은 마취과 의사가 흑인 여의사였다. 친절하게 안내하고 설명했다. 신기한 것은 환자가 실려온 베드가 수술실 베드에 합체되는 것이다. 수술실 테이블은 네 개의 다리와 연결된 기둥이 있는데 환자가 실려 온 베드를 들면 기둥과 합치될 기둥이 아래로 뻗어있어 환자는 움직이지 않고 그대로 들어 테이블 기둥에 끼우면 끝이었다. 정말 좋은 아이디어이다. 우리 병원에서 환자의 이송 중 낙상 사고가 가끔 있는데 이 베드를 사용하면 예방할 수 있겠다 싶다. 비싸 보이기는 하지만. 여행, 연수가 중요함을 깨닫는다. 우물 안의 개구리가 되지 않게 하는 것이다.

다음날 방문한 병원은 마취과정을 직접 관찰했다. 포폴(Propofol, 새로운 정맥 마취제)을 사용해 정맥 마취를 하고 유지도 했다. 우리 병원도 사용하지만, 최신의 약물이라 비싸기에 심장질환 등 특별한 케이스에만 보험이 적용되어 아직 널리 사용하지 못하고 있다. 아마도 국산 카피(Copy medicine, 복제약)가 나와야 여기처럼 사용할 수 있을 것이다.

점심을 이 병원의 휴게실에서 먹었다. 어제 드래거 회사의 점심과 유사하다. 우리나라의 한식 점심은 이처럼 먹기가 불가능하다. 식당을 따로 운영해야 하는데 여기는 직원을 위한 식당이 없어도 되겠다고 생각이 들었다.

오후에는 가이드가 풍차 마을을 안내했다. 여러 가지 종류의 풍차가 있고, 꽃밭에 사이사이로 양들이 논다. 너무나도 아름답고 정겹다. 그때 한 무리의 동양인들이 가이드를 따라 줄지어 지나갔다. 일본인들이다. 우리 가이드가 물었다.

"Are they Korean?"

"No Japanese, I don't like them."

"Why?"

"Far ago, Japan invaded our country and make pacific world war."

오늘로 일정이 끝이 났다. 내일 우리는 스키폴 공항을 거쳐 부산으로 가서 월요일 출근할 것이다.

2년차 큰 이가 오늘 아침 출근을 하지 않았다. 집에 전화를 해도 받지 않는다. 인턴을 집으로 보냈다. 초인종을 눌러도 인척이 없어서 우유배달 구멍으로 보니 남녀 구두가 있는 것으로 보아 집에 있는 것 같다고 했다. 큰 이는 진교수의 조카사위다. 참 착한 아가씨였다. 박이 진교수에게 권하고 서로 사귀다가 작년에 결혼했다. 여자 입장에서는 훌륭한 선택이 아니었다. 진교수나 박도 큰 이를 잘 모르는 상태에서 결혼을 시킨 것이다. 나는 8년을 겪어 본 친구다. 괜찮은 친구가 아니다. 당직실에서 다른 선생과 노름을 하다가 내게 여러 번 들켰다. 노름은 잘 고쳐지지 않는다. 아마 집에 월급을 제대로 가져다주는 지도 의문이다. 처가가 의사 집안이라 부인은 처가에서 생활비를 받고 있을 것이었다. 그런 친구가 연락이 두절된 채 나타나지 않은 것이다. 결국에는 나타날 것이다. 진교수가 어떻게든 처가를 통해 연락할 터이니까. 아니나 다를까 오후 4시경에 나타났다. 박과 채교수가 불러 면담을 했다. 채교수가 나를 불렀다.

"너, 어제 큰 이에게 호통을 쳤냐?"

"아니오."

"니가 프리메디케이션(Premedication, 마취전 약물처방) 문제로 뭐라 했다며?"

"그냥 틀려서 고쳐준 건데요, 그기 원인이라 카든가요?"

"그래, 가서 사과해라."

"예? 화를 내지도 않았고, 화를 냈다손 치더라도 잘못된 것을 가르친 거고, 그거 가지고 아래 연차한테 사과까지 하라니 말이 됩니꺼?"

"야, 임마, 진교수 조카사위잖아."

"조카사위면 사위지, 그기 벼슬이라도 되는 겁니까, 나는 죽어도 못합니다."

 결국, 나는 사과하지 않았고, 한동안 큰 이를 멀리했다. 이것이 내가 진교수의 눈 밖에 나는 또 하나의 이유가 되었겠지만. 며칠 뒤 큰 이가 와서 먼저 사과했다. 국장인 나의 눈치를 볼 수밖에 없었을 것이다.

"형님, 죄송합니다."

"그래, 와 내 핑계를 했노?"

"니, 노름한 것 들켰재?"

"너거 마누라 착한 거 니 말고는 다 안다. 그라지 마라. 니 월급도 안주재?"

"…"

"니 그라믄 벌 받는다. 나는 괘않다. 니가 내 이용해 무도 된다. 내가 힘들 수는 있지만 니 한테 보복 할 것도 아니고, 진교수 내 싫어해도 상관없다. 니 마누라는 니를 만나 뭔 고생이고, 내가 진교수에게 니 노름한다고 했으면 그 좋고 예쁜 아내 맞을 수 있었겠나? 그래서 말 안했다. 니 스스로 버르장머리 뜯어 고칠 줄 알았다. 진교수는 아직 모르는 눈치 던데. 착한 니 마누라가 말했겠나? 니 한번만 더 이라믄 내가 진교수한테 고자질 할끼다. 정신 차리라."

"네 형님 고치겠습니다."

고쳐질까? 아마 몹시 힘들거다. 뻔히 알면서도 한 번 믿어본다.

진교수와의 관계는 큰 이가 아니더라도 이미 이교수가 과장이 되고 내가 국장을 하면서 비뚤어진 상태였다. 연말이 되면서 이교수가 간호사들과 함께 망년회 자리를 준비하라고 했다. 많은 수가 갈 수 있는 곳은 호텔 연회장밖에 없다. 금요일 저녁 7시 남태평양호텔 1층 연회장을 예약했다. 가벼운 행사지만 이교수는 항상 준비 상태를 확인했다. 나 보고 식순을 만들어 오라고 했다. 뭐 어려운 일도 아니다. 식순을 만들어 가니 진교수에게 시간과 날짜를 물어 봐란다. 배려다. 진교수에게 가서 말했다. 금요일 하라고 했다.

다들 연회장에 모였다. 간호사들과 의사들이 둘레둘레 뒤 섞여 앉았다. 웃음소리가 넘쳐난다. 상석에 이교수님과 내가 앉았다. 진교수는 이교수와 합석을 안 한다. 이교수도 마찬가지다. 정교수는 물론 진교수를 따라 다닌다. 그나마 다행이다. 내가 마이크를 잡고 식순에 따라 사회를 했다. 주위가 조용해진다. '과장님 인사가 있겠습니다' 이교수가 간단히 인사말을 마쳤다. '다음은 진교수님 축사가 있겠습니다.' 인사보다 축사를 하는 자가 상上이다. 하지만 자리에서 일어선 진교수는 첫마디가 '네 진교수가 한마디 하겠습니다'로 시작했다. 삐졌다. 나는 소름이 돋았다. 주임교수인 자기를 진교수라 칭한 것이 싫은 것이다. 여기가 마취과 학교실의 행사로 착각한 것 같다. 주제에 맞지도 않다. '차라리 이~ 오지 말 것을~' 노래 가사가 생각났다.

1년 차 황은 게으르다. 이기적이고 비겁하기까지 하다. 자신에게 득이 되는 행동만 한다. 단체의 규율을 따르지 않는다. 진교수는 자신이 의과대학을 늦게 입학하고 전공의 생활을 나이가 들어 해서 그런지 나이가 많은 전공의들을 감싸는 경향이 있었다. 국장으로서 일을 공평하게 진행해야 하므로, 나는 1년 차 정과 황에게 항상 같은 양의 일거리를 주었다. 나중에 보면 정이 다 했다. 황은 이 핑계, 저 핑계로, 일을 하지 않았다. 정은 너무 착해 이런 사실을 알아차리지 못했다. 나는 알고도 한참을 모르쇠로 있었다. 결국, '이것은 아니다' 싶어 둘을 불러서 나무랐다. 정에게는 대신 일을 맡지 마라, 황에게는 성실하게 자기 의무를 스스로 해라고 했다. 사달이 난 것은 의국의 회식자리에서였다. 나는 이교수 맞은편에 앉았고, 진교수는 정교수를 사이에 두고 한자리 건너에 앉았다. 이교수가 '요즈음 1년 차들 어때?' 하고 묻기에 사실대로 말했다. 황이 좀 게으르고 정에게 일을 맡긴다, 안한다 등등 유심히 엿듣고 있던 진교수가 한마디 했다.

"김선생, 국장이라고 말을 함부러 하는게 아니야. 황은 니 동기이기도 하잖아. 오늘 이 자리에 없다고 그렇게 욕하는 거 아이다."

나는 어이가 없었다. 과장이 묻는데 올바르게 말

해야 하는 것이 아닌가? 고자질하는 것이 아니다. 진교수는 내가 밉고, 이교수가 미워서 방해질을 하는 것이었다. 단순히 감싸는 것처럼 내비칠 뿐이다. 그 자리 모든 의국원이 같은 생각이었을 것이다.

일반외과에서 담석증으로 복강경 수술을 한 60대 여성이다. 환자는 수술과 마취를 잘 끝내고 아무런 문제가 없이 병동으로 올라갔다. GS선생이 다음 날 내려와서 말했다. 어제 수술 후 스트로크(Stroke, 뇌졸증)가 발생하여 좌측 반신이 마비가 왔다고 한다. 마취기록지에는 수술 중에 특이 사항이 없었다. 바이탈이 안전하게 유지가 되었다. 내가 제안을 했다. '컨퍼런스하자. 나도 이유를 찾아보겠다.' 다음 주말에 하기로 했다. 나는 바로 챠트를 살폈다. 내과에서 일반외과로 전과되기 전 환자는 R/O(Rule out, 배제 못함) TCA(Transient cerebral aterial infarction, 일시적 대뇌동맥 폐색) 히스토리(History, 병력)가 있었다. 신경과가 컨설트(Consult, 협진)한 기록이다. 큰 실수였다. 토요일 컨퍼런스는 내가 참석해야 했다. 아무도 출근하지 않는다.

먼저 내과의 발표가 있고, 다음 내가 발표했다.

"우리 모두가 실수한 것입니다. 먼저 마취과 의사는 프레 오피 라운딩(Pre-Op rounding, 술전 회진)에서 제대로 환자의 차트를 곰곰이 살피지 못했습니다. 내과는 환자를 전과하면서 히스토리를 제대로 인계하지 않았고, 일반외과도 차트를 제대로 읽어보지 않았습니다. 환자가 TCA 히스토리가 있는 경우 6개월 내 큰 스트로크로 갈 경우의 수가 60% 이상입니다. 히스토리를 알고 수술에 임했다면 사전에 1~2주간의 혈전 용해제를 투여하고 수술에 임했을 것이고, 수술 전 최소 3~4일 정도만 출혈을 예방하기 위해 약을 끊고, 마취는 스무드 인덕션(Smooth induction, 마취 유도를 부드럽게, 바이탈이 흔들리지 않게)을 했다면 이 같은 문제가 생기지 않았을 것입니다."

5부
미래

- 부탄과 미국

 히말라야 산맥 아래에 인구 77만여 명의 작은 나라가 있다. 입헌군주국이며 헌법으로 산림의 60%를 지키는 나라, 마이너스 탄소 배출 국가, 부탄이다. 국민의 대부분이 자족자립을 하는 원시 시대인 나라다. 지금은 아니지만 2010년 이전에는 전 세계 행복지수가 1위였던 나라다. 풍요가 깃들어 있다. 왕이 국민을 설득하여 의회를 만든, 위로부터의 민주주의를 만든 나라다. 자연보존이 국가의 의무이고, 국민의 의무이다.
 외국인의 관광도 제한한다. 단체 관광도, 혼자만의 트래킹도 하지 못한다. 자연을 보호하기 위해서다. 허가된 소수만이 여행을 할 수 있다. 티베트계 불교 왕국으로 술과 담배도 없다. 금연, 금주가 목표인 사람은 한 번 가볼만하다. 2016년 여행 허가제 아래 겨우 5만여 명만 부탄을 구경할 수 있었다. 내가 그토록 가보고 싶지만 아직 가지 못했다. 코로나 19 때문에.
 미래를 이야기하면서 부탄을 말하는 이유가 있다. 우리의 미래가 2000년대 부탄에 있기 때문이다. 자연과 함께 살고 자연을 소중하게, 그 속에서 인간의 행복을 추구하는 곳이 부탄이다. 2015년 국민 일인당 GDP가 2,837달러다. 주변의 다른 나라에 비해 상대적으로 많기도 하지만 이 나라 국민 대다수에게는 큰 의미가 없다. 먹고, 살고, 입고, 공부하는데 돈이 필요 없는데, GDP가 무엇인지도 모른다. 서구가 만든 잣대에 불가하다. 정부도 관심이 없다. 건강한 먹거리는 주변에 널려 있고, 맑은 공기와 물과 신실한 불심에 몸과 마음이 항상 정결한데 돈이 무슨 필요가 있고, 텔레비전이 대수겠는가? 의료시설이 빈약해서 평균 수명이 64세라고? 오래 사는 것이 중요하지 않다.

　건강하게 사는 것이 중요하고, 인구를 늘려나가는 것이 강국이라고? 강국 만들어 뭐 하려고. 미국이 잘사는 나라일까? 귀신 씨나락 까먹다 봉창 두들기는 소리다. 미국은 세계에서 가장 많은 가난한 사람들이 도로를 메우는 나라다. 잘 사는 것은 인구수와 관계없다. 60이든, 70이든, 100이든 죽을 때까지 건강한 것이 최고다. 부탄이 그런 나라다.

　여기서 잠시 오늘날의 미국에 대해서 언급하자. 인구 2억 5천만여 명에, GDP 6만 불을 훌쩍 넘긴 나라, 미국. 우리가 상상도 할 수 없는 것이 있다. 들어나 봤나 '변(똥)모니터 단團, 변 청소인'. 2008년 모기지 사태 이후 집의 임대료는 올라가고 가난한 사람들은 너도, 나도 싼 집을 찾아 옮겨야 했다. 집값은 추락했다. 쏟아지는 매물을 주어 담은 곳은 모기지론을 유발한 펀드들이었다. 이들은 수천 개의 집들을 임대로 내놓으며 점차 임대료를 상승시켰다. 결국 더 이상 집을 구할 수 없는 이들은 거리로 나와 노숙자로 전락했다. 미국에는 길거리나 공원에 공중화장실이 없다. 뉴욕 타임스퀘어에 몰린 인파들이 스타벅스 매장 앞에서 화장실을 가고자 줄을 서는 이유다. 미국 서부의 아름다운 도시 샌프란시스코, 헐리우드가 있는 LA. 이들 도시에 노숙자들이 누고 간 변을 치우기 위해 변 모니터 단과 변 청소부가 생긴 것이다.

- 불평등한 노동

박노해의 '노동 새벽' 시집의 한 구절이다.

하늘

우리 세 식구의 밥줄을 쥐고 있는 사장님은
나의 하늘이다

프레스에 찍힌 손을 부여안고 병원으로 갔을 때
손을 붙일 수도 병신을 만들 수도 있는 의사 선생님은
나의 하늘이다

두 달째 임금이 막히고
노조를 결성하다 경찰서에 끌려가
세상에 죄 한 번 짓지 않은 우리를
감옥소에 집어넌다는 경찰관님은
항시 두려운 하늘이다

죄인을 만들 수도 살릴 수도 있는 판검사님은
무서운 하늘이다

관청에 앉아서 흥하게도 망하게도 할 수 있는
관리들은
겁나는 하늘이다

높은 사람, 힘 있는 사람, 돈 많은 사람은
모두 하늘처럼 뵌다
아니, 우리의 생을 관장하는
검은 하늘이시다

나는 어디에서
누구에게 하늘이 되나
대대로 바닥으로만 살아온 힘없는 내가
그 사람에게만은
이제 막 아장걸음마 시작하는
미치게 예쁜 우리 아가에게만은
흔들리는 작은 하늘이것지

아 우리도 하늘이 되고 싶다
짓누르는 먹구름 하늘이 아닌
서로를 받쳐 주는
우리 모두 서로가 서로에게 푸른 하늘이 되는
그런 세상이고 싶다.

 노동자의 비참한 삶을 쓴 유명한 시를 옮겨온 것은 우리의 미래가 가야 할 방향을 알기 위함에 있다. 터빈이 발명(사실 발전이 맞다. 이전 시대부터 비슷한 것들이 이미 존재했었으니까.)되고 만들어진 1차 산업혁명은 동력 인쇄기, 전신, 석탄을 사용하며 수많은 노동자를 만들었고, 이들 노동자의 고통은 지금도 이어지고 있다. 우리나라는 한해 2,200명 이상의 노동자들이 죽어가고 있고, 산재 사망률이 OECD 1등을 달려가고 있다. 우리의 미래는 바뀌어야 한다.

2차 산업혁명은 전화, 석유, 내부 연소 엔진과 컴퓨터가 사용되기 시작한 70년대 초반부터 시작되었다. 근 100년의 세월이 흘렀다.

3차 산업혁명은 미군이 냉전의 시대가 종식되고, 군내 내부 통신망(그래서 Internet이다)으로 사용하던 것을 공개하면서 인터넷이 전 세계적으로 퍼진 90년대 후반으로 20년이 채 되지 않는다.

4차 산업혁명은 2010년대 후반부터 시작되고 정보화 사회가 만들어지기 시작하면서다. 십 수 년이 걸렸다.

- 암울하지만은 않은 우리의 미래

'오늘로부터의 세계를' 쓴 안희경은 코로나 19사태 속에서 앞으로의 우리의 미래를 탐구하고자, 저명한 세계적인 석학 7명과 인터뷰한 내용을 그 책에 담았다.

미국의 제러미 리프킨은 4차 산업혁명, 정보화시대를 3차 산업혁명의 시대라고 말한다.

3차산업혁명은 'GLOCAL'(Global + Local), Glocali-Zation과 Bioregional Governance(인간 + 지역생태계 전체)를 책임지고 통제하는 단위가 특징적인 사회다. 즉 분산, 개방, 투명한 인프라를 모든 지역 사람들이 주역이 되어 지역적 재생 에너지를 생산하는 것이다. 따라서 새로운 경제의 패러다임이 필요하다.

새로운 소통의 기술(인터넷), 새로운 에너지의 원천(재생 에너지), 새로운 물류 이동성(전기, 연료전지 차량)이 이루어져야한다. 여기에 사물 인터넷이 더해지면서 블록체인 방식으로 연결된 병렬 데이터가 모일 것이다. 모든 건물의 모퉁이마다 Edge data sensor가 데이터를 수집한다. 모여진 데이터는 건물, 지역, 국가, 대륙의 순으로 흘러간다. 지역 중심의 사회가 만들어지는 것이다.

Outsourcing은 Onsourcing으로, Offshoring은 Reshoring으로 바뀔 것이다.

신자유주의는 규제의 해제, 인프라의 민영화를 가속 시켰지만, 3차 산업혁명은 공공 인프라를 지역, 지방자치단체가 통제하는 사회이다.

'Peer Assembly(同輩議會)'는 새로운 수평적 통치기구로 참여자가 동일한 자격을 갖은 의회다. 전체 커뮤니티가 배심원제도처럼 자신의 미래에 관해 관여하는 것이다.

한국은 현재 전체 에너지 중 68%를 화석연료에 의지하고, 재생연료는 고작 7%에 불과하다. 화석연료는 좌초자산이다. 환경보호 순위는 세계에서 80위다. 한국이 Green New deal을 해야 하는 이유다. 자본은 충분하다. 연기금이 그린채권에 투자하고 그 돈을 뉴딜 인프라 구축에 사용하면 새로운 일자리도 창출할 수 있다. 일석이조다. 이를 위해서는 젊은 세대로 정치를 다시 새워야한다.

중국의 유명한 농학자, 원텐쥔이 말한다.

중국인의 50%가 농민이다. 이들은 COVID 19를 스스로 극복했다. 중의학병원의 사망자는 0다. 샤스 당시에도 중의학은 상당한 도움이 되었다. '렌화칭원(蓮花淸瘟)'이라는 독감 치료제가 COVID 19의 증세악화 방지에 효과적이었다. 중국의 농촌인이 서구와 달리 COVID 19에 강한 이유가 무엇일까?

 미국은 개인주의 성향이 강하고, 중국은 COMMUNE (인민공동체) 중심의 공동체적 사고를 가지고 있기 때문이다.

 결국 자연으로 돌아가자 이다.

 새로운 생태시스템. 생태마을, Slow food, Slow life를 함으로써 자원의 소비를 줄이며, 자원의 일부로 살아가는 것이다.

 금융자본에 의해 식량위기가 일어났다. 강대국의 경제위기는 유동성의 증대를 초래했고, 이에 따른 잉여자금의 증가가 발생했다. 이들 자본은 식량시장으로 들어가 식량의 가격상승을 만들고 저개발국의 식량위기가 발생한 것이다. 세계화의 내부통제에 의한 세계화의 위기가 도래한 것이다. 새로운 트랜드는 Glocalization이 되어야 한다.

 신냉전의 이데올로기는 조지 W 부시로부터 시작되었다.

1990년대 초 미국은 군사용으로 사용하던 컴퓨터와 인터넷을 풀었고 이로부터 실리콘밸리가 발전하고, 데이터 산업이 일어남과 동시점에 미국의 중국에 대한 공격으로 동아시아의 금융위기가 발발했다. 번성하는 산업은 합병을 반복하며 덩치를 키우고 거대한 금융자본을 형성했다. 이 자본이 동아시아로 유입되며 위기를 초래하고 그 이익은 또다시 미국의 신산업으로 돌아갔다. 악순환의 반복이다.

케임브리지대학의 석좌교수인 장준하는 신자유주의 비판자이다.

신자유주의는 이익의 극대화 생산의 효율화를 지향한다. 모든 부담을 약자에게 지운다. Gigg economy(계약직, 임시직)라고 부르지만 실상은 노동자인 사람들을 법적으로 자영공급자로 만들어서 권리를 빼앗는다. 병가도 쓸 수 없다. 아파도 일을 해야 하니 감염병에 취약할 수밖에 없다.

신자유주의의 해법은 완전고용이다. 1970년까지 이것이 목표였다. 신자유주의가 등장하면서 고용안정과 노동권이 약화됐다. 한국에서 자살이 급증한 이유가 IMF체제하에서 고용 안정성이 줄고 불안이 일어났기 때문이다. 노동권, 최저임금제, 복지 제도 이런 사회안전망이 중요하다. 1950~60년대 스웨덴 시민당의 구호 중 하나가 '안전하다고 느끼는 사람은 대담할 수 있다, Secure people dare'이다.

이번 코로나 19를 경험하면서 미국에서는 Essential employees, 영국에서는 Key-worker라고 부르는 사람들이야말로 모두가 생존하는데 기본이 되는 필수 노동자로 그들의 중요성을 알게 되었다. 의료진, 음식 파는 가게의 직원, 배달 노동자, 양로원에서 일하는 사람 등등.

북 유럽식 복지는 사회보험을 국민이 공동 구매한다. 의료보험, 교육보험, 연금보험을 국민이 공동 구매한다. 미국이 복지 지출을 적게 한다고 말하지만 복지 지출이 높은 나라 중에 하나다. 북유럽은 복지 지출이 국민소득의 30%, 미국은 20%이지만 개인이 부담하는 것을 포함하면 핀란드 다음으로 높다. 그럼에도 의료보험 체계가 잘못되어 다른 나라의 두 배를 쓰고도 최하위의 건강 지표를 보인다.

교육은 계급 재생산의 도구가 되었다. 달달 외우는 공붓벌레보다 생각도 많이 하고 글도 잘 쓰고, 사회봉사도 많이 하는 애를 뽑아야 한다. 미국의 경우 소득에 따른 부모와 자식의 상관관계는 80%에 이르고 북유럽은 30%다. 부모가 누구인가에 따라 자식의 미래가 결정되는 것이다.

간디는 '가장 마지막에 놓여 있는 사람이 최우선이다, The last is the first.'라고 말했고, 미국의 정치 철학자 존 롤스는 '가장 안 좋은 사람들에게 가장 좋은 환경을 제공하는 체제가 가장 정의로운 체제'라고 말한다. 모든 사람이 기본권을 누리고, 굶지 않고, 아플 때 돈 걱정 안 하고 병원에 갈 수 있고, 어느 수준까지 교육을 받을 수 있는 정책이 좋은 정책이다.

마사 누스바움은 세계적으로 저명한 철학자, 윤리학자이자 여성학자이다. GDP가 아닌 인간의 행복에 주목하는 '역량 이론'을 창시했고 유엔이 매년 발표하는 인간개발지수(Human development index)의 바탕이 되었다. 그는 혐오에 대해서 이야기 했다.

두 가지의 혐오가 있다고 생각한다. 하나는, 몸에서 배출되는 분비물, 노폐물에 대해 느끼는 혐오로 일종의 원시적인 두려움이다. 다른 하나는 문화 차원의 혐오로 이른바 'Projective disgus(투사 혐오)'다. 배설물에서 느끼는 혐오를 사회의 특정 집단에 투사해 그들을 종속시킬 전략으로 사용한다. 대체로 약한 집단을 향한다. 흑인, 여성, 성소수자 등을 동물적인 존재로 만들면서 인간이 갖는 동물성을 부정한다.

Boomer remover, 노인에 대한 혐오가 죽음에 대한 공포로부터 온다. 역설적으로 말하면 죽음을 두려워하는 이유가 삶이 훌륭하고 세상이 그만큼 아름답기 때문이다. 때로는 연민과 자비 같은 사랑의 감정이 혐오만큼 강렬할 수 있다.

우리가 구현해야 할 정의는 인간이 각자 자신의 역량을 개발하도록 하는 것이다. 인간의 역량을 창조하는 조건은 평균 수명을 누릴 수 있는 조건, 건강을 보호할 권리, 자유롭게 이동할 수 있는 신체 보존, 자존감을 지키며 타인과 관계를 맺을 수 있는 조건이다. 이들의 최저 기준을 채운다면, 그 사회는 정의로운 사회로 불릴 수 있다. 인간으로서 삶의 기본을 보장받을 수 있다면 두려움은 줄어들 것이다.

코로나19로 위축된 상황에서 'Black lives matter, 흑인의 목숨은 소중하다.'가 분리된 우리를 하나로 묶는 언어로 등장했듯 성찰의 정치가 사랑의 정치로 이어져 이 땅에 '뉴 노멀'로 자리하길 희망한다.

영국 요크대학교 역학과 교수인 케이트 피킷은 미국의 의료 상황에 대해 철저하게 비판한다.

미국이 의료 선진국이라는 생각은 착각이다. 한 나라 국민의 건강 정도로 그 나라 의료의 수준을 평가할 때, 미국은 선진국이 아니다. 미국이 세계를 선도하는 유일한 항목은 지출 비용뿐이다 이다. 건강에 돈을 가장 많이 쓰는 나라다. 건강의 불평등 격차가 크다. 부자와 가난한 사람들 간의 기대 수명도, 영아 사망률도 차이가 크다. 인종별로 비교해도 크다. 다른 선진국에 비해 훨씬 심각한 사회, 경제적인 문제를 안고 있다.

불평등이 심한 사회일수록 타인의 시선을 의식한다. 남들 눈에 가치 없는 사람으로 보일까 봐 날을 세운다. 이를 심리학 용어로 'Social evaluative threat, 사회적 평가 위협' 이라고 한다. 이런 사회가 서로에 대한 신뢰가 낮고, 외적으로 보이는 부분에 치중해 소비하는 경향이 강하다.

불평등한 사회인 미국은 다른 국가들과 비교할 때 빈부간의 소득 격차가 가장 크고, 살인율과 정신 질환자 비율, 십대 출산율이 가장 높다. 반면 기대 수명, 아동의 행복 수준과 수학 성취도, 문해력은 가장 낮다.

이윤 중심의 세계화된 자본주의의 구조를 개선할 여러 대안적인 모델이 있다. 케이 레이워스가 환경과 공동체를 지켜낼 자본주의 모델로 제시한 '도넛 경제학'이 있다. 도넛의 안쪽 고리는 사회적 기초, 바깥쪽 고리는 생태학적인 한계로 상정한 지속 가능한 경제 모델이다.

미국의 고등학교 학생들 사이에는 점심을 먹지 않는 문화가 있다. 미국인들에게 학교급식은 공짜 점심(Free lunch)으로 불렸다. 가계 소득이 낮다는 증명을 통해 지급받는 식사다. 우리 안에 문화로 스며든 자유주의의 관성은 여전히 굳건하다. 이의 최후의 치료이자 최초의 예방은 정치다.

닉 보스트롬은 철학자이자 미래학자이다. 2019년에 우리 문명이 대규모로 붕괴될 가능성이 있다는 '취약한 세계 가설'을 발표했다.

Civilization devastation(문명 파괴)이란 세계 인구의 15%가 사망하거나 세계적으로 GDP의 50%가 감소하고 그 상태가 10년 이상 지속되는 상황이다. 미래 어느 시점, 세상이 자동적으로 무너질 수 있는 발견이나 발명이 지금 우리가 사는 세계 속에 있다는 가설이다. Semi-anarchic default condition(반무정부 상태)이라고 부르는 지점에 우리가 있다면 전 지구 차원에서 조정해야 할 중대한 문제를 푸는 강력한 협력 능력이 부족한 우리의 상황을 말한다.

하얀 공, 회색 공, 검은 공이 들어 있는 항아리에 손을 집어넣어 우리는 아주 많은 하얀 공과 축복인지 저주인지 모를 회색 공을 뽑아 왔다. 아직 검은 공은 뽑지 않았다. 검은 공은 그것을 발견한 문명을 파괴하는 기술이다. 우리는 발명할 수는 있지만, 발명이 특정 경로로 진행해 나가는 것을 막거나 아예 없던 일로 만들 수는 없다.

인공지능, 바이오 기술, 나노 기술, 심지어 핵무기마저 지금 제로 상태의 위험요소인 회색 공이다.

글로벌 거버넌스의 능력을 갖추어야 한다. 각자가 조금이라도 다른 행동을 취한다면, 세상은 지속 가능한 방향으로 나아갈 수 있다. 생명공학적 재난을 막기 위해 무엇이 위험요소인지 짚어내고, 개별 실험실까지 관할하는 생물안전 기준을 만드는 것처럼.

1991년 토종 종자 보전과 유기농 농법 확산을 위해 Nabdaya를 설립한 인도의 학자인 반다나 시바는 환경과 우리의 미래에 대해 설득력 있게 제시한다.

모두가 자기 스스로 생계방식을 결정할 수 있어야 민주주의이다. 2016년 인도에서는 고액권의 사용이 불법화되었다. 테크놀로지 악당이 배후다. 내 손안의 현금이 있어야 자유가 있다. Criminal economy(범죄 경제)는 자연을 죽이고 일터를 빼앗는다. Wall mart로 학습한 고통을 Amazone으로 복습하고 있다.

경제란 엘리트의 머릿속이나 자본시장에 있는 것이 아니라 다수의 생계에 있다. 전자 상거래는 식품공급체계를 붕괴시키고 있다. 400미터 이내에 신선한 식재료를 판매하는 상점이 없는 식량 사막을 만들고 있다.

몬산토가 GMO로 라운드업 레외콩(강한 제초제에 죽지 않고 불임씨앗이다. 매년 종자거래의 이윤을 증가시키기 위함이다)은 아마존을 경작지로 둔갑시키고 있고 뉴올리언스의 암지대를 만들고 있다. Green과 Greed의 결정체이다.

좁은 공간에서 가축을 대량 생산하는 CAFO는 집약적 생산, 이윤의 극대화, 고기 생산과 소비의 증가를 유발하여 결국 메탄의 발생량이 증가되고, 지구의 온난화를 가속화시켰다 이것의 배후에는 GMO와 보조금이 있다.

Bio Piracy, 생물자원의 수탈은 미국, 중국의 방위대가 인도에서 박쥐를 채집하면서 일어났다. 그들은 박쥐에서 바이러스를 검출하였다. 지난 30년간 인류에 영향을 미친 새로운 질환은 300여 개에 이르며, 대부분 숲에서 나왔다.

바이러스와의 전쟁이라는 말을 사용하지 말자. 전쟁이라는 단어는 좋은 결과를 가져다주지 않았다. 미국의 원주민과의 전쟁, 히틀러의 2차 세계대전 등. 코로나 19는 탈세계화의 가능성은 증가시키고, 글로벌경제를 위축시킬 것이다. 자연을 위하여 일하는 경제가 될 것이다. 5명의 억만장자들에게 큰 타격을 줄 것이다. 그들은 제프 베이조스, 빌 게이트, 마조 저커버그, 래리 페이지, 세르게이 브린이다.

4년 차가 되었다. 국장자리는 출산을 하고 돌아온 이선생으로 옮겨졌다. 채교수가 개업을 한다고 나가고 진교수는 무늬뿐인 주임교수에, 과장자리를 잃고 한쪽 팔마저 잃은 상태라 의국에서의 존재감이 거의 사라졌다. 하루 종일 가끔 6번방을 들여다보고, 거의 대부분을 사무실 책상에 앉아 책을 보며 소일한다. 마취사고도 거의 일어나지 않는다. 매주 하던 회식도 거의 사라졌다. 물론, 여행도 하지 않는다. 파견은 지속되고 있다.

5월에 나는 이교수님의 배려로 서울 S대학병원에 통증을 배우기 위해 한 달간 연수를 갔다. 숙소는 서울에 사는 동생 집이다. 신촌을 처음 갔다. 병원은 우리 병원의 두 배 규모이고, 통증교실이 국내 처음 만들어진 곳이기도 하다. 주로 일본 방식의 시술을 한다. 외래와 입원환자 치료를 교수들을 따라 다니며 곁눈으로 보며 배운다. 여자 교수님은 설명도 잘 해주신다. 남자 교수님은 말이 없다. 배울 것도 없다. 자기 실험실을 보여주며 자랑만 했다. 다시 학생으로 돌아간 기분이다. 신기한 것도 있고, 따분하기도 하고. 주말에는 부산을 가기도 하고, 어머니랑 식구들이 올라와 여기저기 구경 가기도 했다. 그렇게 한 달이 흐르고 병원으로 돌아왔다.

6월이면 마취과 전공의들에 대한 모의고사가 있다. B대학에서 주말에 있었다. 어려웠다. 당연하다. 공부를 하지 않았으니. 9월이 되고 결과가 나왔다. 이교수님이 식사를 하자고 했다. 그 자리에서 나의 성적을 보여 주었다. 270명 중 200 언저리에 위치한다. 이교수는 나보고 10월부터는 오전만 근무하고, 11월부터는 공부만 하란다. 이 성적으로는 낙방이 의심된다고 하면서. 원래는 11월부터 오전 근무, 12월부터 공부만하는 계획이었다. 이선생은 내 덕분에 신이 났다. 이교수는 공부방으로 자신의 연구실도 내어 주었다.

어머니는 내가 1년 차 일 때 종합검진을 받은 적이 있었다. 그때 체스트 CT(Chest CT, 흉부 CT)에서 왼 가슴의 폐 아래에 작은 종괴가 보였다. 흉부외과 교수에게 사진을 들고 찾아가니 방사선과에 가서 알아보라고 했다. 방사선과 3년 차가 보더니 올드 티비(OLD TB, Tuberculosis, 결핵)의 흔적 같다며 1년마다 F/U(추적검사)을 하라고 했다.

며칠 전 어머니와 함께 지내는 작은 누이가 어머니의 갈비뼈에서 울퉁불퉁한 뭔가가 만져진다고 전화가 왔다. 어머니를 병원에 데려와서 가슴 촬영을 했다. 폐암이 온 가슴을 뒤덮고 있었다. 몸은 쇠약할 대로 쇠약해진 상태였다. 말기라고 했다. 청천병력 같은 소리이었다. 어머니는 1년마다 가슴 촬영을 했는데 이상이 없었다. CT를 찍어 살펴보니 왼쪽 폐의 심장 뒷부분에 큰 종괴가 있었고, 이것이 원인이었다. 3년 전 종합검진에서 보였던 작은 종괴가 심장 뒤에 있었다는 사실을 나는 몰랐던 것이다. 그때는 나의 지식이 너무 초라했다. 당시 방사선과 3년 차도 나와 같은 무식쟁이였다. 결핵균은 호기성이어서 폐의 하부보다는 상부에 잘 생기기에, 하부에서 종괴가 발견되었다면 충분히 암을 의심했어야 했다. 주기적으로 가슴 사진을 찍었지만 심장에 가려 암이 커지는 것을 알 수 없었다. 차라리 우리 병원이 아니고, 내가 없었다면 제대로 된 의사가 보고 판단했으리라. 가슴이 미어터졌다. 어머니는 1년을 못 넘기고 돌아가셨다. 아무런 치료도 못 받고 통증을 줄여주는 주사만 맞으셨다. 나는 죽을 때까지 안고 가야 할 불효를 저질렀다.

어머니를 떠나보내고 나는 다짐했다. 울면서 맹세했다. '의사로서 살아가는 평생을 공부하고, 다시는 어머니 같은 상황을 만들지 말자. 오진하지 말자. 건방지지 말자. 겸손 하자.'

 전문의 시험을 마치고 이제는 군대를 가야한다. 1월 초 대전 계룡대에서 입대 전 검사를 받았다. 군의관 훈련 후 공중보건의 근무를 하게 되었다. 2월 말에 성남의 교육대로 가서 3개월간의 군사 훈련 후 대위로 전역하고, 공중보건의 발령을 받는단다. 군의관으로 발령된 친구들은 영천 3군 사관학교에서 훈련을 받게 되었다. 예비 군의관과 예비 공중보건의를 섞어서 훈련을 시키니 군기가 문란해서, 예비 공중보건의들은 다른 장소에서 훈련을 한단다. 영천으로 가는 친구들이 가여웠다.

 전문의가 된 이후 나의 길은 정해졌지만 이선생은 달랐다. 병원에 펠로우(Fellow, 교수가 되기전 연구원)로 남느냐, 마취과장으로 취직을 하느냐, 고민에 빠졌다. 이교수님은 펠로우를 권하셨고 나도 권했다. 의국에 인력도 부족했다. 이선생은 심사숙고 끝에 펠로우를 하기로 마음을 먹었다. 남편이 안과의사이기에 자신은 취직보다 교수가 나을 거라 판단한 것이다. 이교수와 나는 올바른 판단이라고 했다. 문제가 생겼다. 진교수가 이선생이 펠로우가 되는 것에 반대했다. 여자이기 때문이란다. 세상 돌아가는 것을 몰라서일까? 아니다. 이선생은 이교수 직계 제자라고 판단한 것이다. 이선생이 들어오면 자신을 따르는 사람의 수가 적어진다고 판단한 것일까? 지금 누가 자기를 따르는가. 우습고 미련한 판단이다. 과장, 주임교수는 부하 교수들이 임명하는 것이 아니다. 윗선에서 하는 것이지. 월권이다. 펠로우의 인사는 과장의 권한이다. 진교수와 이교수의 정면 대결을 중재한 것은 정교수였다. 이선생의 펠로우 임명 여부를 1기부터 4기(이와 나는 4기다)까지 졸업한 의국원들의 투표로 신년회 날 회식 후 결정하자는 것이었다. 두 교수는 동의했다. 이교수가 내게 졸업한 의국원들의 의견을 알아보라고 해서 전화를 돌렸다. 대부분 찬성했다.

신년회가 열리고 식사가 끝이 났다. 간호사들은 귀가하고, 레지던트들은 2차 단란주점으로 갔다. 교수들과 졸업한 의국원들만 남았다. 정교수가 간단하게 설명을 하고 투표에 들어가려고 하자, 진교수가 일어섰다. 이선생이 펠로우로 들어오면 지금의 레지던트들과 생활해야 하므로 투표에 레지던트를 포함하자는 것이다. 다들 웅성거렸다. 레지던트들이 10명인데 찬성보다 반대가 많을 것 같다. 진교수는 이미 레지던트들을 포섭했을 것이다. 용의주도하다. 이교수는 허탈하게 말없이 앉아있었다. 마음대로 하라는 표현이다. 더 이상 의국 내 소란을 만들지 말자는 뜻이다. 결국 레지던트들이 있는 단란주점으로 가서 함께 투표를 했다. 찬성보다 반대가 많이 나왔다. 나와 이선생은 허탈했다. 진교수는 의기양양 집으로 갔다. 이교수가 전화를 했다. 나는 결과를 알렸다. 어쩔 수 없이 나는 말했다. '진교수의 반대가 뭐가 중요합니까?', '과장님이 밀어붙이면 되는 거 아닙니까?' 반대를 무릅쓰고 이선생이 펠로우가 되면 이선생의 의국 생활이 힘들거라고 생각했단다. 맞는 말이기도 하다. 이선생에게 이교수의 말을 전했다. 이선생은 수긍한다며 말하고 집으로 갔다. 나는 정교수에게 말했다. 자신의 제자이기도 한데 진교수는 왜 저런 행동을 하느냐고, 약속을 어겨가며까지. 정교수는 자신의 선배이기에 어찌할 수가 없다고 말한다. 나는 술을 먹으며 그 자리를 지킬 수가 없었다. 밤하늘이 시커멓다. 내 마음도 시커멓다. 이제 곧 의국을 나간다. 앞으로 진교수를 만나는 날은 없을 것이다.

마취과 전문이가 되고 군 훈련을 받으러 가면서 나의 의국 생활은 끝이 났다. 마취과 전문의로서 나의 미래는 어떻게 펼쳐질까? 사뭇 설렌다. 군 생활을 마치고, 취직을 하는 평탄한 길로 갈 것인가? 내가 하고 싶은 교수가 될 것인가. 목적을 향해 나아가는 사람이 성공할 수 있는 가장 큰 요인은 자신감과 하고 싶은 욕구이다. 바라고, 정진하면 못할 것이 없다. 나는 대학병원 마취과 교수가 되어 있을 것이다.

내 스스로 나의 미래를 결정했다.

에필로그

마라톤

- 우리의 인생

 마라톤의 기원은 그리스와 페르시아가 전쟁을 벌인 지역의 이름에서 따왔다. 승전보를 알리는 병사에서 기원한 것이 아니라 페이디피데스라는 평범한 병사가 스파르타에 원군을 요청하기 위해 전령으로 파견된 것이 기원이다. 그는 2일간 쉬지 않고 240여km를 달려 스파르타로 갔다. 마라톤의 완주 거리는 초대 아테네 올림픽 당시에는 40km였고 42.195km로 확정된 것이 1908년 런던 올림픽이었다.
 인생을 마라톤에 비유하는 것은 수많은 역경을 이겨내야 삶의 목표에 도달할 수 있기 때문이리라.
 마라톤에서는 여러 번의 조심해야 할 고비가 있다. 5km, 20km, 35km 지점이다. 첫 5km는 달리기 시작하여 몸이 달궈지는 시기다. 호흡이 빨라지고, 체온이 상승한다. 무산소 운동으로 땀이 나고 근육이 풀어지기 시작한다. 몸이 풀어지는 시기에 페이스가 처지거나, 빠르면 전체 레이스에 많은 영향을 미친다. 평소 훈련대로 적절한 페이스가 유지되어야 할 시점이다.
 이 시기가 지나면 호흡이 안정되며 유산소 운동으로 전환된다. 슬슬 엔돌핀이 머리에서 생겨나기 시작하고, 주변의 풍광을 즐기며, 함께 뛰는 사람들과 대화도 한다. 20km 지점이 또 하나의 고비인 것은 이때 많은 엔돌핀이 분비되면서 이른바 런닝 하이(Running high)라는 달리기의 쾌감이 최고조에 달하며 자신의 한계 이상의 무리를 하게 된다. 이때 실수를 하면 완주가 어렵다.

35km까지 상당한 시간이 마라톤에서 가장 행복한 시간이다. 35km를 지나가면서 먼저 다리가 무거워진다. 지치기 시작한다. 걷더라도 멈추면 안 된다. 멈추는 순간 낙오된다. 뛰다가 걷다가를 반복한다.

40km를 지나가면 다시 힘이 솟는다. 이제 마지막 힘을 다해 뛰어 들어간다. 완주를 했다. 기쁨이 하늘로 치솟고 온몸은 소금 가루로 하얗다.

나는 2000년 공중보건의를 마치고 부산 K대학의 마취통증의학과(97년에 마취과가 마취통증의학과로 개명되었다.) 교수로 부임했다. 내 소원을 이룬 것이다.

다대포 바닷가에 살면서 밤마다 뛰기를 시작하여, 마라톤으로 이어지고 15년을 달렸다. 전국의 마라톤 대회를 주말마다 식구들과 여행 겸 달렸다. 애들은 5km, 애들 엄마는 10 혹은 20km, 나는 20 혹은 42.195km를 뛰었다. 다들 행복했다. 애들은 일찍 들어와서 엄마와 아빠를 기다리며 음식 시식 코너 등을 돌아다니며 축제를 즐긴다. 마지막으로 내가 도착하면 우리는 그 지역 인근 관광지를 구경하고, 온천에서 목욕 후 귀가했다. 큰 애가 중학교에 입학하기 전 5년을 그렇게 살았다. 그 이후에는 아내와 둘이서만 다녔다. 경남과 부산 일대에서 일요일마다 달리기를 10년 더 했다.

나의 이야기를 마무리하기 전에 몇 가지 이야기를 더 할까 한다.

K의과대학 교수로 가게 된 사연이다. 나의 목표는 의과대학 교수였다. 나는 취직을 했다가도 우리 대학에 교수 티오가 나오면 지원하리라 마음을 먹었다. 할 수 있다면 펠로우도 할 작정이었다. 공중보건의를 마칠 시점인데도 모교에서는 소식이 없었다. 교수도, 펠로우 자리도.

공중보건의 3년 차 말 11월 어느날 진교수로부터 전화가 왔다.

"김선생 아직 교수하고 싶은 생각이 있지?"

"예."

"그러면 K대학 마취통증의학과 주임교수인 장교수에게 전화를 해보소, 내년에 교수 자리가 하나 난다고 하네, 우리 학교는 아직 아무런 소식이 없소. 그리라도 가 보소."

"네, 감사합니다."

나는 바로 전화했다. 사실이었다. 다음날 나는 부산으로 가서 장교수와 만나고 다른 교수들에게 인사를 했다. 마지막 교수가 나와 전문의 시험을 함께 친 김교수다. 그런데 문제가 있었다. 이 학교는 기독교 재단이라 세례를 받은 기독교인만 지원이 가능하다는 것이다. 방법을 물었더니 집 인근의 개척교회에 가서 목사와 상담을 하면 방법이 있을 거라고 했다. 나는 마산으로 와서 집 근처의 개척 교회를 찾아갔다. 목사는 상담 후 어렵지만, 방법이 없는 것은 아니라고 말했다. 내일 아침부터 새벽 기도에 나오란다.

나는 다음날 새벽 7시 기도를 드리러 갔다. 기도 후에는 목사와 성경 공부를 한 시간 더하고 출근을 했다. 그러기를 한 달여. 크리스마스이브 기도회가 끝날 무렵 목사가 나를 부르더니.

"제 선배 목사가 운영하는 교회가 물금에 있습니다. 그곳에서는 성탄절 예배 때 세례를 합니다. 내일 아침 그 교회로 가십시오."

"감사합니다."

나는 성탄절 날 세례를 받고 세례 증명서를 학교에 제출했다. 임용 승인이 났다. 이듬해 5월부터 근무하게 되었고 나의 새벽기도는 부산으로 이사가는 날까지 이어졌다.

"하나님을 믿고, 예수를 믿습니까?"

세례를 받는 교회당 안에서 목사가 물은 말이다.

"예."

그때는 믿는다고 생각했다.

 부산으로 오고 9월에 학기가 바뀌면서 모교에 인사발령이 있었다. 내 후배 전공의였던 황이 전임강사로 발령이 난 것이다. 진교수의 묘수다. 내가 K대학으로 가지 않았으면 내가 갈 자리였다. 진교수가 사전에 나를 따돌린 것이다. 더 이상 무슨 말이 필요하겠는가? 나는 이미 교수인데.

 K대학에서 열심히 일했다. 내가 나이가 제일 어렸다. 4년 차 전공의들이 모두 나보다 한, 두 살 위였다. 나는 나이에 구애받지 않고 일만 했다.

 1년이 지나고 우연히 속이 쓰려서 위내시경을 했더니 위암이란다. 암은 이미 4, 5년 전부터 싹이 텄을 것이다.

레지던트 생활을 하면서 불규칙한 식사와 수면 부족 등으로 나는 매일 '잔탁'이라는 위산분비 억제제를 먹어왔다. 처음에는 가끔 한 번씩 먹었지만, 어느 날부터는 매일 복용을 했다. 몸무게도 90kg으로 늘었다. 전문의 시험에 합격하고, 군의관 훈련을 3개월 받으면서 정상적인 식생활과 수면을 규칙적으로 하면서 몸무게도 줄고, 잔탁도 복용하지 않게 되었다.

1997년 후반에 들이닥친 IMF는 나에게도 치명적인 영향을 끼쳤다. 아버지의 파산이었다. 수많은 어음이 부도가 나면서 내가 알지도 못했던 아버지의 재산을 알게 되었고, 그 재산은 순식간에 사라져 버렸다. 이제는 아버지 생계도 책임을 져야 했다. 군의관은 훈련을 마침과 동시에 대위로 전역을 하고, 나는 마산 진전면에서 보건지소장으로 공중보건의사 생활 3년을 보냈다.

보건지소장의 월급은 고작 120만 원 남짓. 이 돈으로 아버지에게 생활비를 주기에는 터무니없이 부족했다. 낮에는 마취 아르바이트, 밤에는 응급실 당직 아르바이트를 줄기차게 끌고 갔다. 몸은 다시 무너지고 속도 쓰리기 시작했다. 잔탁이 입으로 하루에 두 번씩 들어갔다. 그래도 부족했다. 오메프라졸이라는 더 강력한 약제가 필요했다. 횟수도 점차 늘어났다. 3년을 이렇게 버텼다. 공중보건의 말년에는 몸무게가 줄어들고, 잇몸이며, 코 주변 등의 염증이 자주 발생했다. 나는 아직 사회에 나가지 못한 초보 의사였다. 이것들이 암의 전조 증세라는 것을 몰랐다. 또 한 가지 내가 몰랐던 것이 있었다. 위산억제제를 장기 복용하면, 위의 산성도가 떨어져 위축성 위염으로 진행되고, 위축성 위염은 위암으로 진행된다는 사실.

공중보건의를 마치고 K대학 마취과 교수가 되어 다대포 바닷가 한 아파트에 살았다. 애들의 학교는 불과 집에서 5분, 바닷가 모래밭도 걸어서 5분. 밤마다 파도 소리를 들으며 잠들었다. 너무나도 행복한 시간이었다. 저녁에는 아이들과 모래밭에 텐트를 치고 놀았다. 생맥주와 치킨을 먹으며.

어느 토요일 아침. 출근을 하지 않고 집에서 쉬는데 심한 복통이 밀려왔다. 다행히 집 근처에 내과를 개업한 동기가 있어 약을 처방받으러 갔다.

"민수야, 우짠 일이고?"

"배가 너무 아파서 허리를 펼 수가 없다. 약 좀 지어도."

"내시경 해보고 약 줄게."

나는 내시경실로 가서 침대에 모로 누웠다. 수면마취도 없이 굵직한 검은 관이 내 입으로 들어가고 연신 동기는 사진을 찍었다. 그렇게 순식간에 검사가 끝나고 친구는 말했다.

"니, 모래, 월요일, 아침 먹지 말고 출근해서, 내과로 가서 이 사진 보여 줘라."

"뭔데? 말해도 된다."

"그 가서 들어라. 필요하면 한 번 더 내시경하고."

나는 찜찜했지만, '별거 아니겠지' 하고 집으로 왔다. 일단 약을 먹으니 속은 편했다.

월요일, 아침을 굶은 채로 출근을 하고, 첫 마취가 끝나자 내과 과장 교수에게 가서 사진을 보여줬다. 당장 내시경을 다시 하자고 한다. 내시경을 했다. 조직 검사도 하는 듯했다. 엊그제보다 더 빠르다. 교수의 손놀림이 장난이 아니다. 보조를 하고 병명을 컴퓨터에 입력하는 조교수에게 다가갔다. 나보고 복부 CT를 촬영하라면서 오더를 넣으며 병명을 쳐 넣었다.

"Gastric Cancer(위암)"

나는 병리학 교수로 있는 고등학교 선배에게 조금 빠른 조직 검사의 판독을 요청했다.

수요일은 김해 병원으로 출근을 했다. 마취과 교수들이 일주일에 한 번씩 번갈아 가며 김해의 또 다른 부속병원으로 가서 마취를 하기 때문이다. 본원의 병리과 선배로부터 전화가 왔다. 오후에 수술이 없으면 본원으로 오라고. 본원에 도착해 해부병리과에 가니 현미경을 보라고 했다. 현미경은 여러 명이 동시에 볼 수 있게 입구 렌즈가 가지치기를 하듯 벌려져 있다. 나도 한 번에 알아볼 수 있을 만치 내 위벽 전체 층에 암세포가 가득했다. 최소 3기 이상이다.

"김 교수, 수술날 잡아 놨다. 외과 최교수님이 하실거고, 다음 월요일 첫 타임이다. 내하고 최교수 연구실로 가자."

최교수의 연구실 문을 두드리니 거구의 노老교수가 문을 열었다. 방에 한가득 책과 종이가 쌓여있다. 위암 수술의 대가다웠다. 공부와 연구의 흔적이 온 방안에 묻어있는 것이다. 보자마자 그 큰 가슴으로 나를 끌어안았다.

"걱정하지 마소. 그 담배만 끊으면 평생 걱정 없이 살 수 있을 거요."

"감사합니다. 교수님."

나는 수술실로 왔다. 이미 모두들 소식을 접한 것 같다. 마취과 간호사들은 나를 보고 울고, 레지던트들은 나와 눈을 맞추질 못했다. 과장인 장교수는 나의 어깨를 두드리며 월요일 수술 준비하고 쉬라고 한다. 나는 마취과 식구들을 뒤로하고 퇴근을 했다.

밤새 혼자 울었다. 세상이 검고, 붉고, 마음은 나락을 헤매인다. 아이들 걱정이 제일 앞선다. 내 나이 이제 36, 아이들은 7살, 5살이다. 잠이 오지 않는다. 눈물만 소리 없이 양 눈 고랑이로 흘러내린다. 어머니도 그립다.

월요일 새벽, 나는 관장을 하고, 팔에는 18게이지 큰 바늘이 꽂혔다. 에어 샤워실을 거쳐 수술 방에 들어가자 류교수가 반긴다. 인사를 하고 나는 잠들었다.

수술 결과는 위벽이 뚫어지기 일보 직전이었다고 한다. 4기라고 한다. 내 복부에는 배꼽을 중심으로 T자형 큰 상처가 그려졌다.

6개월의 항암 치료 후 나는 대학을 퇴직했다. 한시라도 빨리 돈을 벌어야 했다. 취직하고, 10개월 뒤 돈을 빌려 개업을 했다. 함안이라는 시골에서.

언제까지 살지는 모르지만 마라톤은 몸이 회복되자 본격적으로 시작되었다.
내 인생의 마라톤과 마라톤 경기는 이제 함께한다.
언제 끝이 날지 아무도 모른다.

더 읽을거리

1. COSMOS : 칼 세이건, 사이언스북스
2. COSMOS, POSSIBLE WORLDS : 앤드루 앤, 사이언스북스
3. 종의 기원 : 찰스 로버트 다윈, 사이언스북스
4. 그림으로 보는 시간의 역사 : 스티븐 호킹, 까치
5. POLYMATH, 한계를 거부하는 다재다능함의 힘 : 와카스 아메드, 안드로메디안
6. DEATH : 셸리 케이건, 엘도라도
7. 죽기전에 더 늦기전에 : 김여환, 청림출판
8. 짜라투스트라는 이렇게 말했다. : 프리드히 니이체, 민음사
9. JUSTICE, 정의란 무엇인가 : 마이크 샌델, 와이즈베리
10. 노자가 옳았다 : 김용옥, 통나무
11. 중용한글역주 : 김용옥, 통나무
12. 그들이 말하지 않은 23가지 : 장하준, 부키
13. 나쁜 사마리아인들 : 장하준, 부키
14. 오늘로부터의 세계 : 안희경, 메디치미디어
15. 역사의 역습 : 김용운, 맥스미디어

시계詩界 소설선 1

김승수 자서전적 소설
혼돈과 질서(Chaos and Cosmos)

지은이 ‖ 김 승 수
펴낸이 ‖ 김 보 한
펴낸곳 ‖ 시계詩界
등　록 ‖ 2010년 3월 23일, 제533-2008-1호
주　소 ‖ 경남 통영시 명정 2길 12(명정동 474-7)
전　화 ‖ (055) 642-9530, 손전화 010-4594-3555
E-mail ‖ sigepoem@naver.com
초판인쇄 ‖ 2021년 1월 10일
초판발행 ‖ 2021년 1월 15일

ISBN 978-89-964261-9-6　03810

값 17,000원

* 저자와 협의에 의해 인지를 생략합니다.
* 복사는 일체 불허합니다.
* 잘못된 책은 구입하신 서점에서 바꿔드립니다.